A DAMA DO BAR NEVADA
Cenas urbanas

Livros do autor publicados pela **L&PM** EDITORES

O chafariz dos turcos
Contos completos
O crepúsculo da arrogância
A dama do Bar Nevada (**L&PM** POCKET)
Dançar tango em Porto Alegre (**L&PM** POCKET)
Diálogos sem fronteira (com Mario Arregui)
Doce paraíso
Histórias dentro da história
Lágrimas na chuva (**L&PM** POCKET)
A lua com sede
Majestic Hotel
Noite de matar um homem
O pão e a esfinge seguido de *Quintana e eu*
Rondas de escárnio e loucura
Viva o Alegrete (**L**&**PM** POCKET)

Sergio Faraco

A DAMA DO BAR NEVADA
Cenas urbanas

www.lpm.com.br

L&PM POCKET

Coleção **L&PM** POCKET, vol. 965

Texto de acordo com a nova ortografia.

Este livro foi publicado pela L&PM Editores, na Coleção Olho da Rua, em 1987.
Primeira edição na Coleção **L&PM** POCKET: agosto de 2011

Capa: Ivan Pinheiro Machado. *Ilustração: Bar Nevada* (2001), de Nelson Jungbluth, pintura acrílica sobre eucatex.
Revisão: L&PM Editores

CIP-Brasil. Catalogação na fonte
Sindicato Nacional dos Editores de Livros, RJ

F225d

Faraco, Sergio, 1940-
 A dama do Bar Nevada: cenas urbanas / Sergio Faraco. – Porto Alegre, RS: L&PM, 2011.
 160 p. – (Coleção L&PM POCKET; v. 965)

 ISBN 978-85-254-2356-6

 1. Conto brasileiro. I. Título. II. Série

11-3145.   CDD: 869.93
       CDU: 821.134.3(81)-3

© Sergio Faraco, 2011

Todos os direitos desta edição reservados a L&PM Editores
Rua Comendador Coruja, 314, loja 9 – Floresta – 90.220-180
Porto Alegre – RS – Brasil / Fone: 51.3225.5777 – Fax: 51.3221.5380

Pedidos & Depto. Comercial: vendas@lpm.com.br
Fale conosco: info@lpm.com.br
www.lpm.com.br

Impresso no Brasil
Inverno de 2011

Sumário

Tributo / 7
Um mundo melhor / 13
Dia dos mortos / 21
Pessoas de bem / 29
A bicicleta / 36
A dama do Bar Nevada / 41
Restos de Gre-Nal / 50
Boleros de Julia Bioy / 55
Procura-se um amigo / 67
Café Paris / 72
A era do silício / 77
Uma voz do passado / 82
Um aceno na garoa / 90
Madrugada / 99
No tempo do Trio Los Panchos / 103
Conto do inverno / 108
Saloon / 114
O segundo homem / 122
Dançar tango em Porto Alegre / 129
Epifania na cidade sagrada / 147

O autor / 155

Tributo

Não são pontuais essas meninas, às vezes se retardam com o cliente anterior e ainda vêm de ônibus, mas ao entardecer, na hora combinada, ouvi a campainha. Fui abrir o portão e calcula meu espanto, era uma de minhas alunas do turno da manhã. E não era senão aquela que, em vão, pedira minha assinatura em documento falso, a bolsa de iniciação científica que pleiteava sem satisfazer os requisitos. Demorei-me a virar a chave e só o fiz ao lhe ouvir aquilo que mais parecia um gemido:

– Professor...

Já ouvira falar de universitárias pobres que, para custear os estudos, prostituíam-se, mas boatos são hipóteses peregrinas que se esfumam, outra coisa é te defrontares, em tua casa, com essa penosa realidade.

*

Uma vez ao mês, raramente mais de uma, eu ligava para a agência e dava um nome fictício, o endereço já não precisava. Sempre atendia o mesmo homem, Guilherme. Ele sabia que eu não tinha preferências excludentes por louras ou morenas, negras ou amarelas. Exigia que tivessem menos de 25 anos e mais de 18.

Se me envergonhava?

Deveria?

Ora, tanta gente faz isso... Mais cedo ou mais tarde todos vêm a pagar pelo prazer, previne um dos bobos de Shakespeare.*

Ou isso ou nada, não é?

Pois tua pele responde fielmente à corrosão dos anos, sobretudo nas mãos, cujo dorso engendra ressequida teia, e ao redor dos olhos, que as pregas apequenam, e teus cabelos se alvejam, caem e te legam retorcidas farripas que não se submetem ao pente, e teus dentes não resistem, e perdem o esmalte, e se quebram, já dependes de ferros que te esmagam as gengivas, e teu ventre se avoluma dir-se-ia na mesma proporção em que se te adelgaçam as pernas, e teu organismo é presa de humores insidiosos e logo percebes que as jovens e apetecíveis mulheres não te olham desta ou daquela maneira, simplesmente não te olham, és tão só um obstáculo anteposto a outras e atrativas visões.

Não nego que, às vezes, perguntava-me se não estava a corromper aquelas moças, mas, vê bem, quando vinham a mim já tinham sido corrompidas por outros e não só pelos cafetões, sobretudo pelos sonhos de uma vida melhor que acalentavam na pobreza.

Um drama?

Que o fosse.

Eu não passava de um figurante, e em meu ínfimo papel, antes de qualquer torpeza, concorriam minhas privações: como se não bastassem a viuvez, a solidão, a angústia que se apossava de mim na casa deserta de

---

* *Noite de reis.* 2º Ato, Cena IV. (N.E.)

emanações femininas, em meus afazeres na universidade convivia em dois turnos com o viço e a sedução da mocidade.

De longe.

Via pernas, prenúncios de seios ou um pé descalço de dedos finos, delicados, e afligia-me a certeza de que a outros aproveitavam esses mimos, talvez sem que lhes atribuíssem tão subido valor. E então, uma vez ao mês, raramente mais de uma, comprava o que já não me davam.

*

Naquela tarde, telefonara a Guilherme.

E a garota estava ali, ai de mim.

Não a levei ao quarto, mas à mesa da sala de jantar, como faria se procurado por alunos, quem sabe à espera de que abrisse a bolsa para pegar o livro e o bloco de anotações. Sentada, ela olhava ao redor, e se fixou na cristaleira, onde teimavam em perdurar reminiscências conjugais, o colar de âmbar aninhado num cálice, vetustos cristais, a faca que cortara o bolo do casamento, a caneta de ouro que pertencera a um longínquo avô e fora usada na cerimônia civil, além de um porta-retrato que perpetuava os noivos sorridentes.

– Aquele retrato é o seu?

– É.

Estremeceu ligeiramente.

– Quer que eu vá embora?

– Por quê?

– Por mim, eu fico, mas essa situação...

Olhava novamente para a cristaleira, por que o fazia, se às outras como ela pouco ou nada se lhes dava o que viam? E seria um meio-sorriso aquela contração no rosto? A cristaleira e seu caduco acervo não deviam estar ali, eu sabia, sempre soubera, sempre tivera a amarga consciência de que meu arsenal de quinquilharias – aquelas e outras distribuídas pela casa ou guardadas em malas e caixotes – afogara-me tanto a vida que não me sobrara alento para reconstruí-la de outro modo.

E agora era tão tarde...

*

Só não era tarde para um consolo.

Ainda não me refizera da surpresa, mas já sentia no corpo os trabalhos da ideia de que logo teria nos braços um exemplar da espécie que me agoniava. A carne universitária. A própria, tenra e limpa, para me nutrir e saciar enquanto as Moiras não me cortavam o fio.

– Vais ficar?

– Claro – e acrescentou: – Faço porque preciso, acho que dá para entender, não dá?

Dava, sim, como não? Era só uma troca de atenções para facilitar a caminhada.

– Como se te desse a mão e me desses a tua.

Na porta do quarto, deteve-se, talvez a reprovar a desordem de meus pertences, o roupeiro entreaberto, a penteadeira empoeirada, a cama desfeita, o chinelo de borco, uma trouxa de roupas no chão, talvez a esbarrar na catinguenta atmosfera da peça, que como essas casas que vendem móveis usados cheirava a sapato velho.

Eu estava tão habituado àquelas visitas que já nem arrumava ou arejava a casa, como nas primeiras vezes em que as recebera.

Uma hesitação fugaz, logo avançou.

– Deixo a bolsa aqui?

Indicava a penteadeira, outro continente de lembranças: o gatinho de louça, o porta-joias, a escova de cabelo, a travessa dourada e um frasco vazio de Mitsouko, no qual eu ainda pensava inalar uma redolência amadeirada. Sim, podia, ela largou a bolsa, voltou-se. Não era bonita, mas tinha um rosto de traços suaves, infantis, a contrastar com a vivacidade do olhar. Um querubim com olhos de falcão.

Anoitecia.

Eu estava com pressa, receava fracassar, e após deitá-la, despi-la e, num hausto, me inebriar nos brandos odores de sua louçania, e logo ao sentir o quanto me cingia e inflamava sua estreita, ungida intimidade, ah, como era bom, ela parecia corresponder e minha alma como renascia, desabrochava como um gerânio de inverno.

Súbito, seu corpo se enrijou.

– E o papel?

– Que papel?

– Aquele que pedi. Vais assinar?

Agora me tuteava.

– Foi por isso que vieste?

– Evidente que não. Como eu ia saber, se lá na agência deste outro nome? Vim pelo dinheiro, mas, já que estou aqui, quero o papel.

Ergui-me nos cotovelos.

– Então é assim? Além de pagar, preciso vender a assinatura?

Seu olhar parecia advertir que eu não estava lidando com as meninas que Guilherme arregimentava na periferia, e o sorriso com que respondeu não era de bondade ou compreensão:

– Se aceitas e até achas certo que eu me venda, por que não podes te vender também?

– É diferente...

– Diferente? Por que é diferente? Porque és professor e, na tua opinião, sou uma puta? – e elevou a voz: – Te decide!

Seus traços tinham perdido a suavidade. Com surpreendente energia, empurrou-me para o lado. Não se cobriu, e seu corpo firme, harmonioso, era quase um insulto ao meu, desconjuntado mamulengo cujo arremedo de sexo se enroscara em seu berço de penugem grisalha.

– Pela última vez: vais assinar?

Olhava-a com a lembrança daquilo que começara e tanto combinava com o moço que eu era no retrato da cristaleira. Olhava-a sem nada dizer, humildemente, deixando que exercesse sobre mim, para meu bem, sua cruel suserania.

– Vou – eu disse.

Um mundo melhor

Para Jacob Klintowitz

> Na tragédia, não agem as personagens para imitar caracteres, mas assumem caracteres para afetuar certas ações.
>
> ARISTÓTELES
> *Poética*, VI, 145-32

> A ilusão da arte, por certo, é fazer com que se acredite que a grande literatura é muito ligada à vida, mas exatamente o oposto é que é verdadeiro. A vida é amorfa; a literatura, formal.
>
> FRANÇOISE SAGAN
> *Entrevistas à Paris Review*, 1957-63

— Amanhã venho te buscar para o ensaio – disse Russo.

Partiu o amigo, deixando-o no pórtico da galeria que ia dar no saguão do hotel. Absorto, não notou que o lugar, mal-iluminado, estaria deserto, não fosse um grupo de jovens, cinco ou seis rapazes e uma garota, em suspeito silêncio no recuo de uma vitrine.

Ao perceber que o olhavam, era tarde.

O bando o cercou.

Enquanto uns o imobilizavam, outros lhe vasculhavam os bolsos. Quis reagir, e a garota, uma loura sardenta de olhos claros que até então mantivera-se à parte, saltou à sua frente com uma faca. Cessou de se debater, mas isso não evitou que um dos rapazes o esmurrasse no nariz, que começou a sangrar.

– Não deixa melar o casaco – gritou a garota, e suas pupilas faiscavam na contraluz da vitrine.

Também roubaram os sapatos e a carteira. Antes da fuga, um safanão o derrubou. Ouviu vagamente a correria na direção da rua, mas não se moveu de imediato, menos por cautela do que por pasmo. Quando pôde levantar-se, algumas pessoas acorriam e o ajudaram a andar até a portaria do hotel. O nariz ainda sangrava, e o gerente, após certificar-se de que não estava tão mal, ofereceu-lhe um copo d'água e um lenço de papel.

– Quer que chame a polícia?

Não, não valia a pena.

– Não levaram cheques, cartões?

Tinham levado.

– Convém fazer a ocorrência e avisar seu banco.

Sem casaco, descalço, sem dinheiro e documentos, tomou o elevador com participantes de um seminário de lojistas, cidadãos de próspera aparência, com ternos alinhados e impecáveis colarinhos, que o relancearam como a uma parede, como se o não vissem.

À noite, quase não dormiu.

Ler era impossível.

Se fechava os olhos, via os jovens se acercando, a disposição deles, o olhar de aço da garota, o lampejo da faca, e ressentia o murro no nariz. Figurava a garota com ódio, depois se compadecia e ódio outra vez a estremecê-lo, então acendia a luz de cabeceira e sentava-se na cama, ofegante e a transbordar rancores. Quanta ironia, quanto escarmento em seu papel de vítima. Logo ele, um dramaturgo cujas obras a crítica iconizara como fotografias sem retoques das tumultuosas noites urbanas, a brutalidade tão crua quanto aberrantes os processos que a deflagravam. Contra esse conspícuo arauto da violência rebelavam-se seus arquétipos – uma cena burlesca em que os infantes de Cronos cometessem parricídio.

À lembrança do trabalho seguiu-se um conforto: não perdera a vida, como tantos, tampouco se ferira com gravidade e – um truísmo – continuava bem-parado em degrau muito acima daqueles sebentos que, mais dia, menos dia, acabariam na prisão ou a estertorar em periféricas sarjetas. Admitiu que a noite fora menos perversa do que poderia ter sido. Descontados o pequeno inchaço no nariz e o prejuízo material, uma bagatela, nada mudara. Era um autor bem-sucedido, o que lhe facultava, com um pouco mais de prudência, conservar-se distante daquele universo ignóbil, cuja utilidade em sua vida era tão só a de papel-carbono. Não era assim que produzia suas exitosas peças, estereotipias do noticiário policial? A arte copiando a vida, como queria Sêneca? A vida como ela era, sim, trocando apenas de cenário: no lugar da rua escura, o palco enfumaçado à meia-luz.

E começou a se tranquilizar.

E apagou a luz.

Pelas frestas da veneziana viu que clareava o dia, uma nova manhã após o árduo combate, e lembrou-se de Homero: *Quando a aurora de róseos dedos, filha da manhã...* E sem saber que a lembrança já era um sonho, dormiu até perto do meio-dia.

Almoçou no restaurante do hotel.

Dormiu novamente e, à meia-tarde, despertou indisposto. Ou não era bem isso, antes algo que o inquietava, que o estranhava. Como se mal se reconhecesse ou recém começasse verdadeiramente a se reconhecer, como se o incidente na galeria – que outra coisa haveria de ser? – lhe tivesse aberto um portal misterioso cujo limiar receasse atravessar, e surpreendeu-se murmurando algo que lhe vinha à lembrança nas horas de incerteza: *Eu, o verme, reconhecendo este tecido de alma ausente...** E foi com um princípio de náusea que viu seu rosto no espelho da pia.

À noitinha, Russo veio buscá-lo. Cogitou de desistir do programa, fazer a mala e antecipar a passagem de volta, mas como poderia, se viera à cidade a convite, para ver o ensaio da peça de que era autor?

E foi e logo se aborreceu, a esgrimir com a absurda sensação de que o texto não lhe pertencia ou, se pertencesse, era produto de aquoso e insípido crisol que agora se esvaziara para dar lugar a outras e ainda ignotas misturas. Molestava-se também com as intervenções de Russo e as repetições de cada cena. Russo queria verossimilhança, e o protesto concernia, mas queria também que a representação ultrapassasse sua própria essência, ou seu limite. Chegou a gritar com um ator:

– Não quero representação, quero vida!

Mais vida? E ele ouviu aquilo como a um desaire, como se alguém, por certo ele mesmo em outra dimensão, com outro rosto e redescoberta alma presente, estivesse a lhe apontar o dedo acusador.

---

* Início do romance *À beira do corpo*, de Walmir Ayala. (N.E.)

Após o ensaio, foram jantar no hotel.

Conversaram sobre a peça, sobre os atores e o que Russo deles exigia, e em dado momento o escritor, quase sem querer e com ligeira impaciência, viu-se observando que a arte obedecia a certas leis que se desavinham com a vida real: cada elemento precisava ter sua existência justificada e esta era a harmonia. A vida não era assim.

E acrescentou:

– Quando pedes menos representação e mais vida estás pedindo uma arte menor.

O outro abriu os braços.

– Que é isso? Crítica ou autocrítica? Agora descartas teu bem-amado Sêneca? Como podes pensar que um texto ou uma representação se aproximem da arte na mesma medida em que se afastem do que é real?

– Não foi o que eu quis dizer, ou foi, mas de outro modo. Não é uma questão de distâncias. A arte tem de ouvir, como Bilac disse a João do Rio, tem de ouvir e registrar todos os gritos, todas as queixas, todas as lamentações do rebanho humano. Mas é um registro como representação, não um fac-símile. Não te parece que essa enunciação de nosso príncipe, considerada isoladamente, está incompleta?

Então o que dissera, ou ao menos pensara, era que a vida, afinal, era o que era ou o que já tinha sido, um caótico *enjambement* de acasos, "uma história repleta de som e fúria, contada por um idiota"* – como não lembrar essa clássica dedução? –, não um organismo ou

---

* *Macbeth.* 5º Ato, Cena V. (N.E.)

um sistema que se provasse por ambicionar determinado fim. Ela não buscava o belo ideal, não buscava, como a arte, o mundo melhor. Quisera dizer, então, que a arte tinha de ser basicamente transformadora, e que seu desígnio não era se parecer com a realidade e sim corrigi-la. E acabava sendo – a verdadeira arte – uma imprescindível, primorosa e verossímil mentira. Ou não propriamente uma mentira, mas o que a realidade poderia ou deveria ser...

– ...se viver fosse uma arte.

Russo o olhou por um instante.

– Balzac?

– O belo ideal? Sim e não. Foi o que ele ouviu e acatou, dito pela mãe de Madame de Staël.

– Acho que entendo. Me serves uma sopa canônica, de Balzac a Schopenhauer, com pitadas quânticas e colherinhas de Shakespeare e Voltaire... não te faltou uma receita grega? Um Aristóteles? Não era para tanto. Ou muito me engano ou, se me permites, sem que a comparação te ofenda, estás dando voltas como burro de olaria só para dizer que minha direção não te satisfaz.

– Só estamos discutindo, meu diretor. Nunca te contaram que a dialética da controvérsia favorece a digestão? – e tratou de mudar de assunto, relatando o que lhe ocorrera na véspera.

– O teu nariz... – observou Russo, sinceramente pesaroso. – E numa hora dessas, eu aqui a tagarelar sobre arte.

– Foi um incidente comum.

– E não terminou tão mal.
– Melhor foi o que veio depois.
– Como? Tem mais?
– Hoje à tarde saí, dei uma caminhada. Adivinha quem encontrei num trailer de cachorro-quente.
– Os ladrões!
– A loura.
– A loura!
– A loura sardenta, a da faca. Ela e um menino.
– Nossa, não sei o que eu faria.

Ele se aproximara e a agarrara pelos cabelos. E agora, sua putinha? O menino fugira, continuou, e imagina o espanto das pessoas ao redor, tentando compreender. E diante dele, aqueles olhos não mais implacáveis, olhos de medo e lágrimas de uma pobre menina assustada. E vira também naquele olhar uma saga de miséria e desespero – a versão dos derrotados, como o eram aqueles meninos. Que dos vencedores, como os engravatados do elevador, não obtinham sequer um átimo de reflexão, que dirá um gesto de compreensão, solidariedade e respeito humano.

– Vi nesse reencontro o teatro.
– Viste a vida, meu amigo. A vida como ela é.
– Não, o teatro. Acreditas se te disser que a soltei e fui embora?

Russo ergueu o cálice:
– Aos teus novos e indistintos conceitos não vou brindar, mas gostaria de fazê-lo à tua atitude. Um perfeito epílogo.

O outro brindou, com um ligeiro sorriso.

Mais tarde, quando se despediram à porta do hotel, ele ficou parado, vendo o amigo afastar-se pela galeria.

Um brinde impróprio, claro.

Perfeito epílogo? Ora...

Russo desprezara seus argumentos e acreditara piamente no reencontro com a garota – pensava ver nele a plausível harmonia, a absoluta comunhão entre arte e vida. Seus postulados se engrenavam, coerentes. Mas que pena essa coerência! Russo nem ao menos suspeitara de que aquele reencontro no trailer jamais acontecera e era tão só uma correção literária do incidente – o mundo melhor –, isto é, a peça que um dia talvez pudesse escrever, desde que ele mesmo também se corrigisse, convertendo-se no autor que agora desejava ser.

Dia dos mortos

Os dois jovens iam devagar, como todos, e em silêncio, como quase todos. Quem falava, fazia-o em voz baixa, cautelosa. Acima do murmúrio só a voz do pipoqueiro, seu pregão monótono: "Olha a pipoca, tá gostosa e salgadinha". Empurrava o carrinho, parava, tornava a rodar e ainda assim ia ultrapassando a maioria. Olha a pipoca, tá gostosa e salgadinha e sob essa voz de estridência fastidiosa, quase petulante, como rejeitando-a e ao mesmo tempo sustentando-a desde canais subterrâneos, o rumor dos passos, milhares, milhões, trilhões de passos, todos na mesma direção pela Rua São Francisco Xavier. Aonde iriam? Aonde chegariam com tão vago andar? Nalgum lugar, sem ofensa ao silêncio, automóveis buzinavam sem parar.

– Vamos num bar – disse Neco.

– Não – disse Maninho –, o pai recomendou que voltássemos pra pensão.

– Mas eu queria ir num bar, estou precisando.

Já haviam perdido de vista o pipoqueiro e agora os ultrapassavam, com pressa, negros de uma escola de samba. Pelos bonés Maninho e Neco os reconheceram, eram aqueles que, na saída do Portão 18, tinham iniciado uma incoerente batucada. Um dos negros vinha amparado pelos companheiros, que o faziam dar passos trôpegos no chão, outros no ar. Sua cabeça pendia para a frente e para os lados, o rosto lívido, parado.

– Eu também queria tomar um porre – disse Neco.

– A essa hora?
– Que horas são?
– Cinco.
– Imagina, cinco, e dizer que está tudo terminado.

Persistiam as buzinas ao longe, lembrando clarins sombrios na emoção de um cemitério. Já se distanciavam os sambistas, sempre com pressa, sempre carregando aquele corpo abúlico.

– Bacana – disse Maninho, apontando.
– Que é que há lá?
– A bandeira, não vês?
– Bandeira... Do portão pra cá pisamos em dezenas.
– Mas aquela está de pé.

Quem a segurava era um Rei Momo embriagado, um gordo que se fantasiara para o carnaval da vitória. Não andava, apenas movia os pés sem sair do lugar e agitava seu pavilhão, como cumprindo um papel que, afinal, alguém tinha de cumprir: esperar a passagem da boiada e cutucar-lhe os brios.

Mas o gordo não dava conta do papel, não era o homem certo. Naquele dia, no Rio de Janeiro, *a las cinco en punto de la tarde*, não havia homens certos, não havia nada certo, a própria vida era um erro que só agora as pessoas descobriam, sem querer acreditar. Triste gordo. Seu rosto parecia ter cristalizado nalgum momento antes das cinco de la tarde e ele trazia na face, nos olhos, uma expressão que era um misto de pasmo e estupor.

Passavam Maninho e Neco quando o gordo caiu. Tentou erguer-se, mas ao levar o braço para retomar a bandeira, novo tombo o pôs sentado sobre a perna, gemendo, a bandeira outra vez no chão.

– É o fim – disse Neco.

– Fim de quê? O Brasil não acabou, nem Porto Alegre e amanhã a gente embarca pra lá. Já pensaste nisso? Quanta coisa bonita temos pra contar?

– Gosto é gosto.

– A marchinha do Lamartine Babo não é tranchã? O povo cantando, dançando. Lembra aquela mulata de chapéu de palha e cinturex?

– Isso foi antes.

– Depois teve a volta olímpica, foi emocionante.

– A volta olímpica *deles.*

– Mas o povo aplaudiu.

– Chorando. E foi saindo em silêncio, como nos enterros.

Um silêncio de 200.000 bocas.
WILLY MEISL

Na parada dos bondes a aglomeração era excessiva. Quedaram-se os dois meio afastados, vendo partir, apinhado, o bonde para Vila Isabel.

– No Império está levando *Escravo da ambição*, com Glenn Ford – disse Neco.

– Onde fica esse Império?

– Não sei, li no jornal. Tem também uma revista...

– Lá vem o nosso!

– Nosso nada, é o Aldeia Campista – e segurou Maninho pelo braço: – *Cutuca por baixo*, com a Luz del Fuego.

– Ih, só imagino.

– Não, não imaginas. O Rio é outro mundo. Sabe que aqui as gurias dão?

– Dão?

– Fácil, é só pedir.

– Não acredito. Quem te falou?

– O Gentil.

– Logo quem...

– Ele comeu uma franguinha do edifício onde mora a tia dele, em Copacabana. Uma tal Jandira, guria família.

– E não era cabaço?

– Cabaço? No dia que passar um cabaço perto do Corcovado o Cristo cai de costas.

– Mentira – tornou Maninho. – O Gentil mente mais do que o Candinho Bicharedo.*

– Ele provou, me deu a mão pra cheirar. Disse que já ia uma semana sem lavar porque tinha o cheiro da morcega dela.

– E tinha?

– Tinha.

– De quê?

– Um cheiro esquisito, de bacalhau com mijo. Mas era bom.

---

* Figura do populário sul-rio-grandense, célebre por suas mentiras. (N.E.)

Encostava o Lins Vasconcelos, atrás o Cascadura e o Engenho de Dentro.

– E o Malvino, nada?

– Eu queria tomar um porre – gemeu Neco. – Me lembro de ter visto um bar aqui por perto, o Tip-Top.

Maninho, que embora mais moço era mais alto, passou o braço pelos ombros do outro.

– Vamos pra casa, Necão, não é bom andar pelas ruas de uma cidade que a gente não conhece, num dia como hoje. É perigoso. No portão ouvi um homem dizer que sabia onde era a casa do Danilo e iam apedrejar.

Neco livrou-se do abraço, cuspiu no chão.

– Não tenho medo de carioca.

– É perigoso – insistiu Maninho. – E aquele negro que estavam carregando? Estava morto.

– Não, estava bêbado.

– Vi os olhos dele, estava morto.

Encostou o Piedade.

– E o nosso? Não tem outro pra Malvino Reis?

Maninho via partir o bonde como se arrastando, equilibrando-se nos trilhos.

– Vais votar no Getúlio? – disse Neco.

– Eu? Eu não voto.

– Eu vou.

– Que bom.

– Não debocha. Isso é coisa séria, voto popular.

– Não estou debochando, só disse que bom.

– É bom mesmo – e ergueu o dedo –, vou ganhar a eleição.

– Que isso tem a ver com o nosso *scretch*?

– A gente precisa ganhar alguma coisa pra não desistir de tudo.

– Ora, podemos ganhar em 54, a Suíça é um país neutro.

– Quem garante? Só uma coisa é certa: essa de agora...

Nunca mais... Nunca mais...
GAZETA ESPORTIVA ILUSTRADA
Julho, 1950

Passou por eles um grupo de alegres uruguaios, com bandeiras. Obdulio, gritavam, Uruguai, Obdulio. E as pessoas os olhavam como preocupadas, como querendo avisar que houvera um grande engano, daqueles que não devem ocorrer porque vão envenenar a história e a vida de todo mundo. Mas os uruguaios não ligavam. Obdulio, gritavam, Uruguai, Obdulio.

– São uns folgados – disse Neco.

– São boa gente. Não viste o Máspoli consolando o Augusto?

– Aqui, ó. No primeiro tempo o Obdulio deu um bife no Bigode.

– Isso eu não vi. O que eu vi foi ele passar a mão na cara do Bigode, como quem diz sossega leão.

Obdulio, gritavam os uruguaios, afastando-se. Uruguai. Obdulio.

– E a gente só pode olhar, ficar se remoendo.

– Vamos gritar também – disse Maninho.

– Gritar o quê?

– Getúlio, Brasil, Getúlio.

– Não é a mesma coisa.

Parte da multidão ia quedando à espera dos bondes, a maioria seguia em frente ou enveredava por ruas laterais, para a Tijuca, à esquerda, para a Vila Isabel, na direção oposta. Passou o Malvino Reis com os estribos crivados de pingentes e então eles resolveram andar, juntar-se ao lento cortejo, tentar, quem sabe, descobrir um ônibus, em última instância recorrer ao trem da Central. Em última instância: para as bandas da via férrea, num lugar que não sabiam ao certo onde era, erguia-se a Favela do Esqueleto. E o pai recomendara: "Cuidado com a Favela do Esqueleto".

Andaram duas quadras.

– Olha o Tip-Top – disse Neco, animado.

No mesmo instante viram, diante do bar, o pipoqueiro que os ultrapassara na primeira quadra da Rua São Francisco Xavier. Sentado no meio-fio, encolhido, fungando, o homem olhava os saquinhos rasgados, as pipocas espalhadas pelo chão e os restos de seu carrinho destroçado.

– Que horror – disse Neco. – Por que fizeram isso com ele?

– Eu te avisei...

– Pobre homem.

– Vamos ajudá-lo – disse Maninho. – Vamos comprar todas as pipocas dele, até as do chão.

Neco aproximou-se do homem e tocou em seu ombro. Ele voltou-se, possesso, ergueu-se e já trazia na mão uma comprida faca. Esfaqueou Neco no ventre, uma, duas, três vezes, e quando Maninho começou a gritar ele saiu correndo rua afora, dando gambetas* nos transeuntes como num brinquedo de pegar. Formou-se um pequeno grupo ao redor do rapaz agonizante e do outro que gritava, mas o grosso da multidão não parava, não olhava, não ouvia, e a procissão continuava, esparsa e tarda, na busca incerta de um outro e longínquo Maracanã.

---

* Coincidentemente (ou não), chamava-se Gambetta um dos jogadores do Uruguai, na partida final contra o Brasil, na Copa do Mundo de 1950. (N.E.)

Pessoas de bem

E mais uma vez, a enésima, Tomás pedia que o socorresse. Recém chegara de Montevidéu e encontrara uma correspondência judicial, intimando-o de uma ação de despejo. Devia três meses de aluguel.

– É muito, não tenho – eu disse –, mas o advogado te consigo.

– Achas que é preciso?

– É indispensável.

– E os honorários? Como vou pagar?

Eu trabalhava num órgão governamental frequentado por muitos advogados. Dei o nome de um deles, que me devia um favor e nada cobraria, e marcamos um encontro para segunda de manhã.

Antes de nos despedirmos, Tomás me contou sua última aventura. Conhecera uma uruguaia no avião, casada, funcionária de uma estatal, e passara a tarde com ela em seu apartamento. As uruguaias são insaciáveis, ele disse, e aquela o deixara com taquicardia.

– Pensei que ia morrer.

Éramos amigos desde a juventude e eu ainda guardava um de seus primeiros quadros, um autorretrato em que se parecia com Shakespeare. Era boêmio e mulherengo, como Shakespeare, mas, ao contrário do inglês, que após a farra trabalhava com afinco, Tomás considerava a subsistência uma amolação e refugiava-se num aforismo do próprio Cisne: "Onde não há prazer não há proveito".* Dificilmente vendia seus retratos, dificilmente os terminava: a regra era ter um caso com a retratada e deixar a obra pela metade. Se conseguia um emprego, trabalhava uma semana e, ao receber o primeiro pagamento, sumia. Quem o procurasse, certamente o encontraria num dos bares da moda, na companhia de uma mulher. Às vezes desaparecia por mais tempo, semanas, meses, e de repente estava chegando de Paris ou Asunción, para onde fora sabia-se lá com que meios e de onde voltava, claro, sem meio algum. Eu costumava ajudá-lo. Alguns amigos comuns reprovavam tanto o seu comportamento como a minha solidariedade, e Erasmo, que era diretor de uma agência de publicidade, que era casado com a bela e insossa Cláudia e vivia metodicamente, ia mais longe: ajudar Tomás era estimular sua vida desregrada.

Na segunda-feira, Tomás não apareceu. Telefonei, não estava em casa. Fui trabalhar e somente à noite me lembrei de que ele não dera sinal de vida. Telefonei outra vez, em vão. Estava aborrecido com sua incúria e, ao mesmo tempo, já um tanto apreensivo.

Liguei para Erasmo.

– Este é o Tomás que conhecemos – disse ele.

– Não terá acontecido alguma coisa?

– O quê, por exemplo?

Contei a história da uruguaia, da taquicardia, do "pensei que ia morrer". Erasmo riu.

---

* *A megera domada.* 1º Ato, Cena I. (N.E.)

– Ele tem mais saúde do que nós. É um aproveitador.

Eu podia ter lembrado que, dez anos antes, Tomás o levara para a agência da qual agora era diretor. Mas não o fiz.

– Estou pensando em ir lá amanhã de manhã. Me acompanhas?

– Não posso, tenho uma reunião.

– Então depois da reunião, não quero ir sozinho.

– Não, não vale a pena. Esse cara é um sacana.

– É um amigo, Erasmo.

– Amigo? Que amigo? Ele goza e a turma paga a conta?

De manhã, a caminho da repartição, passei no apartamento de Tomás. Nenhuma resposta e o silêncio tornava mais estridente e ominoso o toque da campainha. Procurei o zelador.

– Falei com ele na sexta – disse o homem. – Me pediu pra comprar o jornal, quando fui entregar ele não estava ou não pôde atender.

– *Não pôde atender?*

– É, às vezes ele... está acompanhado.

– Claro. E quando viaja, costuma avisar?

– Ele? Não, não avisa nada, tem que adivinhar.

– E a correspondência? Não pegou?

– Que eu tenha visto, não.

Perto do edifício havia um orelhão. Era cedo, talvez ainda alcançasse Erasmo em casa. Tinha decidido entrar no apartamento.

Atendeu Cláudia, com a impessoalidade de uma gravação:

– Não se encontra.

Eu disse "que azar", ela quis saber o que havia e depois, curiosamente, mudou de tom.

– Eu posso ir lá contigo.

– Obrigado, não é necessário. Arrumo outra pessoa.

– Por que outra pessoa, se eu posso?

– Como quiseres, mas...

– Eu vou.

Erasmo não gostaria de saber que sua mulher estivera na furna do lobo, mas, se eu queria uma testemunha e ela fazia tanta questão...

Contratei um chaveiro nas imediações. O homem já estava trabalhando quando Cláudia chegou. Trazia uma saia curta, branca, que lhe ressaltava as pernas morenas. Chupava uma bala de menta e estava excessivamente animada – ou acelerada, dir-se-ia –, em oposição ao seu gênio habitual, reservado e distante. Recapitulei minhas preocupações, ela ouvia mordendo o lábio, testa franzida – parecia outra mulher.

Em dez minutos o chaveiro soltou a fechadura. Tomás, felizmente, não estava lá.

– E a porta – perguntei ao homem.

– É só bater.

Já reunia as ferramentas na caixinha.

– Missão cumprida – eu disse.

– Espera – disse Cláudia. – Vamos ver se ele viajou.

Paguei o chaveiro, que se retirou.

Cláudia pôs-se a examinar o apartamento, peça por peça, com um interesse que eu não lograva compreender. Sentei-me no sofá, aguardando que terminasse a vistoria. Esteve na área de serviço, abriu e fechou torneiras e as abriu e fechou também na cozinha, que investigou demoradamente. No quarto, sentou-se na cama de casal desfeita e farejou o travesseiro. Depois entrou no banheiro. Embora não a visse, percebi que ia usá-lo. Sem fechar a porta, baixou o assento do vaso e logo ouvi o jato de sua urina. Não deu descarga e, compondo a saia, veio sentar-se na mesinha à minha frente.

– Esse apartamento me dá cada arrepio... – e olhava os quadros de Tomás na parede da sala, alguns com nus frontais de homens e mulheres. – Tem cheiro de sexo. Não sentes?

Eu nada sentia e me perguntava se o núcleo dessa exalação não estaria nela mesma, a Cláudia que eu desconhecia.

Falava e olhava em volta, as narinas a fremir, e eu lhe relanceava as mãos de mimosas veias dorsais, os lábios bem marcados, como rins, o peito de súbitas arfadas com os mamilos aproejando na blusinha, e me deliciava, sobretudo, com as esplêndidas pernas, colunas sem nódoas de um mármore trigueiro. Aquilo era novo. Já a vira inúmeras vezes e embora sempre lhe gabasse, intimamente, o corpo desejável, tal conceito esbarrava em seu glacial "não estar" e acabava não diferindo daquele que faria de uma bela mulher que visse na rua ou numa foto de revista. Era um conceito de papel que, afinal, vinha cobrar sua carnadura.

– Ele deve ser feliz – tornou. – Faz o que quer.
– Acho que sim.
– *Achas?*

Ora, Tomás era livre, continuou, ao passo que nós – todos nós, os amigos dele – vivíamos restritivamente. Éramos pessoas organizadas, titulares de contas bancárias e cartões de crédito, adquiríamos bens e pagávamos nossas dívidas. Éramos pessoas de bem. E das grades dessa prisão, vigiados pelos mil olhos da moral, víamos com inveja, frustração e até com ódio o fluxo da vida em liberdade: o desejo, as aventuras, os atos irresponsáveis e prazerosos.

Eu nada disse e ela acrescentou:

– A lealdade também é uma prisão. Mas é só um nome, e a gente, por covardia, fica acorrentada a esse nome, como a uma condenação. Olha eu aqui, estou superexcitada e...

Me olhava e eram os olhos impacientes da urgência. Desviei os meus.

– Ouviste o que eu disse?
– Ouvi.
– Então... qual é o problema? Eu estou querendo. Eu quero.

Não me movi. Se antes já estava a desejá-la – muito antes, talvez, sem o saber –, agora a desejava mais ainda. Mas qual era o meu papel naquela peça lúbrica? Que nome eu tinha? Eu quero, dizia ela. Eu também queria e talvez Erasmo merecesse essa rasteira, mas, se nunca demonstrara ter por mim qualquer predileção, se eu nunca lhe dera motivo algum para que pensasse de outro modo, por que ela me escolhera? Era grátis? Um óbolo da deusa estremecida? Não me movi porque quis entender.

Ela tirou o sapato e travou o pé no meu regaço.

– Vamos logo com isso.

E enquanto se despia cheia de pressa, e a mim também queria despir com a mesma ânsia, intuí, mais do que compreendi, que minhas perguntas não tinham fundamento. Para Cláudia, não importava quem eu era. Era um papel sem nome. E nem era um papel, não era nada. Ela queria sua porção de vida – aquilo que entendia como tal –, mas quem se incorporava entre suas pernas, provendo-a da fruição redentora, não era eu, o personagem anônimo: era Tomás.

Perto do meio-dia, ao tomarmos o elevador, já voltara a ser a mulher que eu conhecia. Nos despedimos com o sensabor de sempre e ela se foi, a bela e insossa Cláudia, deixando um só vestígio de seu desafogo: o travo da menta em minha boca.

A BICICLETA

Abriu com cuidado a porta do casebre. O interior estava às escuras e ele apertou os olhos, querendo apagar deles algum resto de luz. Nas imediações um vidro se partiu, logo um grito de mulher, mas ele não teve a curiosidade de voltar-se e entrou, encostando a porta. Apalpou a parede de tábuas até localizar o caibro que servia de tranca, mas não o pegou nem o moveu. Deu dois passos minuciosos, medidos, abaixou-se e tocou no colchão, na áspera manta, na criança que ela agasalhava. Passou uma perna por cima, depois a outra e sentou-se no chão, contra a parede. A seu lado, ocultando-o da porta que dava para a peça contígua, a superfície lisa e fria da geladeira.

Por um momento ficou imóvel, à escuta, em seguida acomodou as pernas, puxando-as de encontro ao peito. Ouviu um sonido na outra peça e encolheu-se, estremecido. Não era a primeira vez nem a segunda que, tarde da noite, entrava e se escondia, mas não se acostumava e nos primeiros minutos sempre tinha medo. Não, medo não, como poderia? Era algo sem nome que o fazia lembrar uma remota madrugada, quando despertara e vira, no colchão ao lado, o pai montado na mãe, galopeando a mãe. Seu coração galopeara junto, doloroso, amadrinhando aquela doma rude.

Ouviu novos ruídos, sobrepostos ao ressonar da criança, e agora os identificava, eram os arames do lastro, sons compassados, agudos, rangentes, às vezes cessavam, logo recomeçavam, depois cessavam outra vez e outra vez recomeçavam, como se jamais fossem cessar de todo.

Afrouxou o abraço que tinha dado às pernas e pensou, com irritação, que na próxima vez daria meia-volta e esperaria na rua, caminhando, fumando, bebendo em algum lugar. Como se isso fosse mudar qualquer coisa, instou consigo. E depois era perigoso, todo mundo sabia que era perigoso. Não havia noite em que, pela manhã, não se soubesse de um angu nas redondezas, roubos, brigas, tiros, de vez em quando até morte violenta, as contas que se ajustavam entre os traficantes. Não podia ficar caminhando à toa, arriscando-se.

E estava tão cansado, e era sábado, ansiava por deitar-se, dormir, tinha até um pouco de inveja da criança que dormia profundamente no quentinho da manta. Seu filho.

Meu filho.

Quisera aconchegar-se ali com ele, emendar um sono só até oito, nove da manhã. E despertar bem-humorado, lampeiro, vadiar o domingo inteiro no Parque da Redenção. Levariam um farnel. Isso. Um piquenique no Recanto Chinês. Uma volta no trenzinho, contornando o lago e vendo lá embaixo – que bonito – os namorados abraçados nos barquinhos de pedal. E alugar uma bicicleta, claro, o piá era taradinho por bicicleta e no último passeio já estava aprendendo a equilibrar-se. Figurou o rosto do menino, suarento, vermelho, triunfante, e logo mudou de ideia, não, não iria ao parque e tampouco a outro lugar: gastar logo agora, desesperar, se faltava tão pouco...

Pegou um cigarro no bolso da camisa e o pendurou nos lábios. Pegou também a caixa de fósforos, tirou um palito. Se passasse um carro, acenderia, escondendo o lume. O cigarro fazia falta, era um bom companheiro.

Melhor do que outros, pensou.

Lembrou-se com ódio do colega de serviço que se dizia seu amigo e andava com insinuações, cuidado, o fiscal do almoxarifado está de olho em ti, era tudo mentira, o fiscal não sabia de nada e se soubesse ia fazer boquinha de siri, ele também roubava peças de reposição. Todo mundo roubava. E todo mundo precisava roubar, não havia outro jeito. Ele mesmo, naquele momento, não estava sendo roubado? Imagine, chegar em casa e procurar a tranca. Dependendo do lugar em que a encontrava, tinha de ocultar-se, encolher-se atrás da geladeira, como um feto, enquanto o roubavam. E aguentava, precisava aguentar, ainda que o coração galopeasse e se partisse em mil pedaços.

Inês, a minha Inês.

Sem querer acendeu o cigarro, o clarão foi tão fugaz que nem chegou a ver o rosto de seu filho. Mas este, se desperto, teria visto os olhos de seu pai. O coração partido em mil pedaços.

Deu uma tragada funda, escondeu a brasa e mesmo assim a tênue claridade desvelou, por um instante breve, a face do menino. Ele estava deitado de bruços, o rosto voltado para onde estava o homem.

Meu filho.

Quando seu filho nasceu aquele homem chegou a fazer planos, como fazem todos os pais e é tão natural, tão necessário. Trabalhar duro para que o guri tivesse estudo, pudesse ser um guarda-livros, um fiscal. Hoje não tinha ilusões, já não planejava, não sonhava nada e só pensava nas necessidades mais próximas, concretas, a comida, o remédio, alguma roupinha. Ou no aniversário do guri, que era algo mais do que concreto: era sagrado.

Ia fazer oito anos.

Ruídos novamente, agora mais fortes. Ele apagou o cigarro no chão e encolheu as pernas, abraçando-as. Encostou-se na geladeira o mais que pôde. Ouviu passos furtivos, logo a porta da rua foi aberta e ele pôde ver a silhueta de Inês agarrando o trinco, o homem que se retirava. Era um tipo baixo, atarracado. Não houve diálogo entre os dois. O homem fez uma saudação, erguendo o braço. Inês fechou a porta.

Silêncio.

Ele ouvia o ressonar do menino e esperava.

– Estás aí?

Soltou as pernas, suspirando, procurou o toco do cigarro no chão. Ouviu Inês passar, em seguida a luz de uma vela iluminou a peça ao lado. Levantou-se, acendeu o cigarro. Deu uma olhada no filho, passou por cima dele e entrou no quarto.

Inês estava sentada na cama, na mesma posição em que pouco antes ele estivera, abraçando as pernas.

Sentou-se também, tirou os sapatos, a calça, deitou-se de través.

– Adivinha aonde fui ao meio-dia.

– Ao centro?

– Sim – ele disse.

Os olhos dela, pequenos, sem brilho, estavam atentos.

– E viste?

– Vi. Uma vermelha, da cor do Inter.

Ela o fitou, temerosa, tocou no braço dele.

– E tu acha que nós... será que...

O homem sorriu, ou quis sorrir. A mulher viu que ele estava com os lábios trêmulos e jogou-se sobre ele, beijando-lhe a face, os olhos, a boca.

A dama do Bar Nevada

Na praça, à meia-tarde, vinham espairecer os velhos. Alguns punham-se a andar de esquina a esquina, passinhos miúdos e receosos, outros cavaqueavam em pequenos grupos ou jogavam damas nos tabuleiros de pedra, mas a maioria deixava-se quedar a sós nos bancos, olhando vagamente ao longe, como bois sentados. O rapaz contou trinta e dois velhos, trinta e três com o que estava ao seu lado, um tipo sombrio que juntava as mãos e fazia estalar as articulações dos dedos.

Atrás do banco alguém falava, a espaços interrompido por um coro de murmúrios. Ele captou fragmentos: "...as pernas dentro d'água até os joelhos... atua sobre os rins... revulsivo... a secreção da urina..." Não ouviu mais nada, voltou-se, os velhos tinham mudado de lugar e um deles o olhava, como ressentido.

O relógio do passeio marcou a temperatura, piscou, marcou as horas. Vou aguentar mais um pouquinho, pensou o rapaz, não adianta comer tão cedo e depois ter fome na hora de dormir. Para distrair-se contou de novo os velhos: vinte e sete, incluído o que estalava os dedos. E a cada vez contava menos velhos. Ao entardecer a humanidade da praça, lentamente, ia sendo substituída por espécimes de múltipla bizarria, que se acomodavam nos bancos e deixavam o corpo escorregar, como na poltrona do cinema.

Não, não podia esperar mais, não aguentava, o ar que engolia parecia transportar minúsculas agulhas que se alojavam, pungentes, na parede do estômago. Chega de tortura, disse consigo. Atravessou a rua e entrou no Bar Nevada. Ocupou uma das mesas e à garçonete de avental manchado pediu um sanduíche e meia taça de café.

– Estou com um pouco de pressa – acrescentou.

Na mesa do fundo um casal se acariciava, na outra, mais próxima, um homem acabara de jantar e lia o jornal, enforquilhando os óculos na ponta do nariz. Na balcão, bebia chope um japonês.

Na Praça da Alfândega, ao anoitecer, os velhos vão-se embora. Despedem-se uns dos outros, partem vacilantes, curvados, ombreando a solidão nas costas murchas. Ele os via pelos grandes vidros do Bar Nevada e logo já não mais, encobertos pelo avental manchado. Com licença e a garçonete o serviu como quem despeja um prato na pia da cozinha. Ele ficou olhando, assombrado: aquele era o sanduíche da casa? Tão magrinho? Pensou em reclamar, devolver, mas... e as agulhinhas? De mais a mais era preciso ter humor para não sucumbir às agruras cotidianas. Por exemplo: comer lentamente, mastigando os sólidos até que se liquefizessem. Prevenia úlceras. E se não enchia o estômago, cansava a boca, o que vinha a dar na mesma.

Pôs-se a comer e viu entrar no bar uma senhora idosa, daquelas senhoras que se pintam como as coristas, tentando recobrar no espelho os encantos de um tempo morto. Usava roupas modernas, de cores afrontosas, e ao aproximar-se trouxe uma onda de perfume nauseante. Não, ele protestou com os olhos, não vá sentar-se aqui e já ela pedia licença, delicadamente, não tinha escolha entre os namorados abraçados, o homem que abria o jornal na mesa e o outro que, parcimonioso, ruminava o pão para cansar a boca.

– Moça, por favor – e pediu chá com torradas.

Ele mastigava e parava de mastigar, embrulhado com o perfume e a grossa maquiagem do rosto dela. No balcão o japonês ainda bebia, cabeça pendendo, quase a tocar na pequena pilha de bolachas de chope. Na mesa ao lado o homem dobrara o jornal e tomava um cafezinho. Os namorados tinham ido embora.

Quando a garçonete trouxe o chá, ele pediu a conta. Pagou e a moça parada ali, com o dinheiro na mão.

– Tá faltando.

A velha o olhou, o homem do jornal também. A garçonete ia falar, ele se antecipou:

– É tão pouco, outro dia eu pago.

– Tudo bem.

A velha abriu a bolsa.

– Quanto está faltando?

– Por favor – ele protestou.

– Faço questão, onde já se viu fazerem cara feia por tão pouca coisa?

– Eu não fiz cara feia – reagiu a moça –, eu disse tudo bem.

– Ela não fez cara feia, minha senhora, ela disse tudo bem.

– Ela disse tudo bem, mas fez cara feia, sim, imagine, aqui está, pronto, pode ficar com o troco.

A garçonete hesitou, mas acabou por aceitar, visivelmente enfurecida.

– Não precisava a senhora se incomodar – ele disse. – Enfim, muito obrigado, amanhã eu...

Não continuou. No dia seguinte não a encontraria. Se a encontrasse, dificilmente teria como pagá-la. E se tivesse, quem procura alguém para pagar o valor de uma caixa de fósforos? Sem saber se ia embora ou ficava um pouco para retribuir a gentileza, deu com os olhos no homem da mesa vizinha, que desviou os seus.

– O senhor aceita um chá?

– Não, obrigado.

– Não gosta?

– Não, não é isso.

– Tem pressa?

– Não, mas...

– Mas?

– Está bem – disse ele. – Faço-lhe companhia.

Ela sorriu.

– É bom ter companhia. Moça, mais um chá, sim? O senhor não gosta de chá? Não tem o hábito? Esta é uma das poucas casas do centro que ainda servem chá. Antigamente havia cafés, confeitarias, a Rua da Praia era bonita. Agora é isso que se sabe. De dia bancos, de noite os assaltantes.

– É a luta.

– O senhor acha? Mas no fim eles se entendem. De dia os ricos roubam dos pobres, de noite os pobres roubam dos ricos. E os do meio? Os do meio são roubados pelos dois, de noite e de dia.

Ele achou graça.

– Estou aborrecendo o senhor com essa conversa tola – tornou ela.

– Não, isso é importante, a sobrevivência, o dinheiro.

Ela esperou que a garçonete o servisse, depois perguntou, com um deliberado e simpático ar de espanto:

– Acha o dinheiro importante?

– É uma boa coisa para se gastar.

– Agora o senhor disse uma verdade. Bom para gastar. A vida é curta, precisamos gozá-la e o dinheiro facilita, não concorda?

– Completamente.

– Viver, não sobreviver...

– Sem dúvida.

– ...embora nem sempre consigamos viver como gostaríamos. Que pena.

– É verdade. Já se disse que ninguém vive tão intensamente quanto quer, só os toureiros.*

– Lindo. Quer outro chá?

– Se faz questão...

– Faço, sim.

Chamou de novo a moça, que se moveu detrás do balcão, agora sim, com acintosa má vontade.

– Mais dois chás, por favor – e o consultou: – Torradas?

– Torradas.

– Na manteiga – pediu.

---

* O personagem cita Hemingway. (N.E.)

A garçonete recolheu com maus modos a louça usada, ela sorriu mais com os olhos do que com os lábios, complacente.

– Quem é essa pessoa que falou sobre os toureiros?

– Um americano.

– Seu amigo?

– Não... sim, de certa forma.

– Como é bom ter amigos inteligentes. Posso fazer uma pergunta? Qual é sua profissão?

Ele disse nenhuma.

– Não trabalha?

Trabalhava, claro, no que aparecia.

– Ah, isso tem suas vantagens. O senhor deve ter mil e uma habilidades.

– Não, não tenho – e negou também com a cabeça. – E é por isso que acabo não durando nos empregos.

– Desculpe – murmurou, logo sorriu. – Não leve a mal eu fazer perguntas, sou curiosa, sou mulher...

Ele não levava, tudo bem, e então ela quis saber mais, ele ia respondendo e se surpreendendo à vontade, a bebericar o segundo chá e a recitar a ladainha de suas vicissitudes.

Era bom falar.

Contou que vendera a aliança que guardara do casamento, em seguida o relógio, os óculos de sombra, o radinho, e que começara a vender também as roupas. E que houvera um momento em que olhara ao redor de si e não vira mais nada que pudesse vender, pois ninguém comprava meias, sapatos gastos, cuecas, camisetas, e isso era tudo que deixara numa caixa de papelão, no guarda-malas da Estação Rodoviária.

– Tive de entregar o quarto. Três semanas sem pagar, a mulher fez um escândalo.

– Meu Deus, e onde o senhor está morando?

– Pobre não mora, cai no chão.

Era um gracejo, mas ela não riu.

– Não sei – o tom era inseguro, receoso –, não é tão pobre quem tem um corpo jovem.

Olhava para o resto do chá e mexia lentamente a colherzinha.

– Não posso ajudar – tornou, rouca. – Não tenho como lhe arranjar emprego e vivo modestamente, com uma pensão tão pequena que o senhor não acreditaria. Mas possuo algumas joias, um dinheirinho no banco...

Falava baixo e continuava a mexer a colher. Suava no buço, no queixo, no pescoço, e o suor, misturado ao cosmético, fazia pensar que estivesse com pequenas manchas de graxa incolor.

– Falei por falar – disse ele, seco. – De qualquer maneira fico muito agradecido pelo gesto, e também pelo chá.

Ela nada disse.

– Se a senhora dá licença – e arredou a cadeira.

– Por favor – era quase uma súplica –, não vá embora.

Olhava-a, surpreso.

– Sei bem que o senhor nada pediu. Eu pensava em outra coisa – e animou-se –, sim, sim, eu posso pagar.

Voltou a falar nas joias, nas economias, insistindo em que era importante aproveitar a vida, fazer bom uso do dinheiro, e que podia confiar nele, pois ele era uma pessoa decente, isso se via, não era um marginal.

– A senhora quer pagar... a mim? – perguntou, cauteloso.

Ela abriu os olhos, como admirada ou decepcionada.

– Se fosse fácil explicar eu já teria explicado, mas não pensei que fosse tão difícil compreender.

Ele nada encontrou para dizer.

– Sou uma mulher sozinha – continuou. – Perdi meu marido há muitos anos e desde então... nunca tive oportunidade, tive medo, mas o senhor... hoje não estou com medo, eu... – e baixou os olhos – ...eu tenho certa idade, mas ainda sou saudável.

– Entendo – ele disse, ou ouviu sua voz dizer.

– Posso pagar.

O homem do jornal levantou-se. Teria escutado alguma coisa ou ao menos pressentido, pois ao passar fitou-os com desprezo.

– Talvez eu não seja a pessoa certa.

– Quer dizer atração, desejo?

– Isso também.

– Mas eu não lhe peço que sinta isso. Mesmo sem isso há maneiras de fazer um corpo sentir-se jovem... e feliz.

– Maneiras há.

Ela sacudiu a cabeça.

– Não é uma proposta imoral. O senhor precisa de ajuda e eu também.

Ele a olhava, notando o esforço que fazia para sorrir e ocultar o nervosismo, e então pensou que um dia, como todos, ela fora adolescente, tivera namorados, e que decerto muitas vezes, ao espelho, ruborizara ao se achar atraente e sedutora, pronta para o amor. O tempo a maltratara, mas ela não se entregava e era bonita, era muito bonita assim, lutando, não era como aqueles mortos-vivos da Praça da Alfândega, espectros humanos que se aposentavam do serviço público e da vida. Ele sim, parecia-se com os velhos, aceitando aquele sanduíche-anão e a inconstância dos empregos e a perda de seus objetos pessoais e a fome e ainda pensando, como acabara de pensar, que a sobrevivência era uma questão de humor. Filósofo das arábias. Morto-vivo. Ele e o japonês, aquele babaquara que agora dormia no balcão, derrotado e sozinho. Outro boi sentado.

– É uma proposta honesta – disse.

Ela chamou a garçonete, pagou a conta. Tomou um caderninho e arrancou uma folha. Com a mão trêmula, presa de uma agitação que nem de longe ele suspeitaria naquele corpo que julgava morto, escreveu um nome e um endereço.

– Quando – ele perguntou.

Ela se ergueu.

– Se não for incômodo, hoje.

– Mais tarde?

Tocou no braço dele com a mão úmida.

– Por favor, agora.

E deixou o Bar Nevada. No balcão a moça tentava, inutilmente, reanimar o japonês.

Restos de Gre-Nal

Com a perda do título, que em segundos escapara às nossas mãos, a direção resolveu fazer uma triagem no plantel. Deu no jornal que meu nome estava na lista e não acreditei. Mas estava e dias depois o supervisor me procurou, trazendo um representante do Bangu. Vida de boleiro é assim, vem e vai como folha no vento. Passei o apartamento ao Silva, que chegava, e fui para o hotel, a qualquer momento receberia a ordem de partir, que dependia de outros negócios dos cariocas com o Inter.

Marilu, quando soube, não pôde refrear seu desagrado e telefonou para falar mal do Rio, a cidade da malandragem, do crime, das tentações. E pediu para eu ficar. Negativo, eu disse, mas temos ainda uma semana e você pode vir aqui no hotel se despedir de mim, promete?

Prometeu e cumpriu.

Marilu trabalhava para mim desde a minha contratação, no meio do ano. Semanalmente, em dia certo, vinha com a sacola buscar a roupa suja. Era uma morena gorducha, simpática, minha fã número um. Passava por casada e era até meio pudica, mas tinha olhos cobiçosos. Eu lhe dera a chave do apartamento.

Como chegava cedo, às vezes topava com minhas ereções matinais e eu fingia dormir para ver suas reações. Ela ia listando a roupa que eu deixava amontoada no chão e alternava espiadelas de um olhar arisco. As sobrancelhas se arqueavam, as narinas fremiam. Minha juventude e meu corpo rijo haviam de abrir seu apetite, abalar, quem sabe, sua incerta pudicícia. Era uma espécie de jogo, e agora, na despedida, eu pretendia jogá-lo até o fim.

Pedi aos porteiros que a deixassem subir. Fiz com que sentasse na cama e tomei sua mão. Disse-lhe que fora boa para mim, que eu ia sentir saudade e havia uma coisa importante que queria falar, ah, não sei se falo, posso? Que bom que você quer ouvir e então eu disse que ela era gegê – gordinha e gostosa –, uma tentação porto-alegrense, e que queria levar dela a melhor recordação que um homem podia ter de uma mulher. Marilu arregalava os olhos, mas quando enganchei a mão debaixo do vestido, deu um grito e levantou-se.

– Não posso, não é direito.

De um salto a agarrei, derrubando-a na cama e afinal, não sou mais o teu campeão? No começo a disputa era parelha. Às vezes ela sossegava, deixava que a apertasse "só um pouquinho", mas se, esgotado esse tempo, conseguia esquivar-se, custava-me reconquistar a posição perdida. Mas era uma fã, não era? Seus faniquitos foram escasseando e de repente fez ah e logo ai-ai-ai e ui-ui-ui e, numa agonia, jurou que eu continuava sendo o campeão dela. Orre.

Na manhã seguinte recebi um telefonema do Gigante*, o negócio estava concluído. Pouco depois ligou do Rio o presidente do Bangu. À tarde fui marcar a passagem e, de volta ao hotel, na portaria, encontrei Marilu à minha espera. Estava bem tranchã com aquele que, imaginei, era seu melhor vestido, e trazia na mão uma valise que me fez estremecer.

– Gostou de me ver? Se quiseres que eu vá contigo eu vou – e mal podia falar de tão nervosa. – Largo tudo!

E agora, eu me perguntava. Depois de uma manhã tão promissora, com novas chances para minha vida e minha carreira, uma tarde aziaga, essa urucubaca. Não sabia o que fazer e lembrava um dia parecido, o do último Gre-Nal. Péssima lembrança. No comecinho fizemos um a zero, placar que já servia, e daí em diante só toque de bola, cozinhando o adversário, que terminou o primeiro tempo já de meia arriada, morto. Mas veio o segundo tempo e uma surpresa, o morto ressuscitando e nos encurralando, cheio de moral, e a rapaziada ali, vá pontapé, chutão, cotovelada, sem compreender direito o porquê dessa virada. Parecia um castigo.

Marilu percebeu que se iludira e seu olhar errou pelo saguão, como em busca de socorro. Por momentos desequilibrou-se e achei que ia cair. Tomei-a da cintura e a fiz sentar-se no sofá, preocupado com a bisbilhotice dos porteiros. O que eu mais temia era um escândalo às vésperas da apresentação ao novo clube.

---

* Estádio José Pinheiro Borda, mais conhecido como Gigante da Beira-Rio, pertencente ao Sport Club Internacional. (N.E.)

— Você não pode magoar sua família — lembrei-me de dizer.

— Família? Que família? — e riu com amargura. — Ah, eu sabia, no fundo eu sabia que era muita felicidade para uma pobre lavadeira.

— Que é isso, Marilu? Você continua com o Silva e vai se dar bem com ele, é um paulista legal.

Ela choramingava, eu repetia que é isso, que é isso, e vendo que lhe tremiam os músculos da face, abracei-a, tentando acalmá-la. Ela me abraçou também e me beijou na boca, um beijo ansioso que aceitei de boca fechada e até com algum rancor. De relance vi que os porteiros riam.

— Que vergonha — disse ela com um fio de voz, sem que eu atinasse a que comportamento aludia, se ao meu ou ao seu.

Levantou-se, fungando, e rumou para a porta num passinho de esforçada dignidade. Por trás da vidraça a vi cruzar a rua, carregando a malinha. Que pena, pensava, que pena, mas pensava também que não precisava ter remorsos: se eu pisara na bola ao enredar sua vidinha, ela também pisara ao me dar aquele susto, e assim, no apito final, ninguém saía perdendo.

A caminho do elevador, sorri para os porteiros.

— Algum problema? — quis saber um deles.

— Nenhum — eu disse.

Mas começou a anoitecer em Porto Alegre e, sozinho naquele quarto provisório e impessoal, sem ninguém por mim e com a mala por fazer, as roupas sobre a cama e, na mesinha, o bilhete da passagem para um futuro incerto, mais do que sabia, eu sentia que o jogo com Marilu tinha sido a última rodada do meu fracasso no Internacional e ia terminando como aquele Gre-Nal maldito: o empate cedido já no apagar das luzes e o adeus ao sonho de ser verdadeiramente um campeão.

Boleros de Julia Bioy

Era um Opala cor de café, sem placas, dois homens no banco dianteiro. Da janela eu via o automóvel a meia quadra do edifício, mas estava resolvido a endurecer comigo mesmo. Não ia descer. Tampouco ia ligar para Helena, perguntar se tudo ia bem. Ia esperar pacientemente, fazer café e ouvir a fita de Julia Bioy.

Na cozinha, pus a chaleira ao fogo.

Os carros com tripulantes, parados na minha rua, sempre me alarmavam. Às vezes eu descia, saía do edifício pela garagem, cuja porta dava para a avenida transversal. Ficava lá, mordendo as unhas, até que o carro fosse embora. A cada susto prometia mudar de vida e pensava em Helena, em como era importante ela mudar também.

Com o copo de café voltei à sala, assim chamada por ter duas poltronas e um aparelho de som, herdados do morador anterior. Sentei-me, repetindo que não ia descer, e liguei o gravador com a única fita que possuía, também herança do ex-morador. Fora gravada num cabaré de Buenos Aires, certa Julia Bioy cantando boleros.

Boleros e mais boleros numa voz rouca e nostálgica, suavemente trágica... os primeiros quase não ouvi, vá preocupação com o que podia acontecer lá na rua, mas, pouco a pouco, aqueles temas de amor infeliz foram encontrando um lugar em mim, avivando passadas amarguras e o último e modesto sonho, ao qual me apegava com obsessão: recomeçar a vida enquanto a tinha. Uma vida singela, quieta, que me reconciliasse com os encantos, com as pieguices dos dias suburbanos. Um chalezinho em Belém, petúnias para regar em tardes de calor e Helena – como nos idílios –, para amá-la entre as petúnias.

Eu a conheci numa reunião e a vi outras vezes em circunstâncias semelhantes, encontros rápidos, nervosos, mas convidativos o bastante para suscitar o desejo de renová-los. Depois houve o problema de segurança que causei, tentando encontrá-la, e tivemos ambos de sair de Porto Alegre. Quase um mês num hotel de Caxias, até que nos dessem novos endereços. Um conhecendo o outro fora das reuniões, da pressão das tarefas, saber, por exemplo, que Helena tinha sonhos como os meus, ouvi-la falar de seus medos, suas noites povoadas de ânsias, música de rádio e mosquitos. Adorava petúnias, claro, e estava farta da clandestinidade.

Em nossa última noite em Caxias lembrou um livro que lera em Buenos Aires, a história de uma mulher que se casara por conveniência, era infeliz, monotonamente infeliz, e sonhava com o amor, com a paixão furtiva que a incendiara em certa noite portenha, e um dia, cansada de sonhar e da vacuidade de seu mundo sem futuro, quis matar-se, sendo impedida por um tipo que, num primeiro instante, quase não reconheceu, um homem velho, acabado e feio, que afinal era o mesmo que nos últimos quarenta anos dormira com ela, seu marido, e só então pôde dar-se conta de que, também para ela, a louçania era só pó de memória e já nem podia despir-se para o amor sem envergonhar-se de seu corpo.*

Era um livro terrível, extraordinariamente humano, e Helena, emocionada, prometia não acomodar-se nem mesmo na antiacomodação em que vivíamos. Queria casar-se, queria morar nalgum lugar, ter um pouco dessa paz que os que nunca viveram no perigo costumam chamar mediocridade, e os mais exaltados, egoísmo.

Aquela noite em Caxias, eu a lembrava intensamente ao ouvir Julia Bioy e o lamentoso coro dos violões.

Nossas malas abertas, nossas roupas desfeitas no chão, a matéria de adeus que respirávamos e o vinho que ela bebia em minha boca, aquele vinho quase humano, generoso hóspede do cálice que perdoava tudo e em tudo acreditava – para que servem os lábios, senão para o vinho e para os beijos? Helena não queria dormir, e na sacada, nua, esperava o amanhecer. Garantia: "Não me esquecerei da minha promessa". E dizia também: tenho frio, me abraça, me aperta, me faz carinho, nós nos lembraremos sempre de Caxias, e quando mudarmos nossas vidas brindaremos a este hotel, a esta madrugada, ao vinho e ao nosso sonho de amor numa sacada.

---

* Referência ao conto "La última niebla", da chilena Maria Luisa Bombal. (N.E.)

Ela foi para o Rio, eu voltei a Porto Alegre. Quando regressou, mais tarde, deram-lhe aquele encargo infame, o dia inteiro enclausurada. Era a nossa central de recados, nosso ponto de referência, nosso porto seguro. Fazia a ligação com o contato do comando e tudo passava por seu telefone, desde a convocação de reuniões importantes até o vale para a compra de meias. Não podia encontrar-se comigo, eu aceitava, tentava aceitar, mas os dias foram passando e as semanas e os meses... e Julia Bioy, desde um cabaré de Buenos Aires, confessava em meus ouvidos:

La última noche que pasé contigo
quisiera olvidarla pero no he podido.

Quis esquecê-la, reconheço, pois passou a me evitar. Falávamos assiduamente ao telefone, era minha obrigação dar sinal de vida, mas, se manifestava intenção de vê-la, não, era impossível, então eu não compreendia? Quando mataram Marighela em São Paulo ela se tornou mais arredia, nada dizia além do necessário e desligava sem ao menos despedir-se. Essas recusas me desconcertavam. Às vezes chegava a pensar que a odiava e sentia vergonha de meu papel ridículo em Caxias, falando em casamento, em chalés de subúrbio e, por favor, petúnias! Ficava imaginando que ela e o contato zombavam do meu sonho. Petúnias, diriam, e quase morreriam de rir.

Eu estava confuso.

Não, não era isso.

Era como se eu fosse o viajante do deserto que a certa altura quer voltar e suspeita de que o vento e as areias apagaram seu rastro. Queria decidir, mas era preciso que tal decisão tivesse um sentido, uma direção, que em última instância era um compromisso com a felicidade. De que adiantava trocar medo por solidão?

Precisava ver Helena, de qualquer maneira precisava vê-la. Quis localizar seu endereço na lista telefônica, onde poderia constar com outro nome. Com uma régua isolava os prefixos e assinalava os iguais ao seu, para logo conferir o número inteiro. Mais de uma vez adormeci na poltrona com a lista nos braços, despertando com os olhos injetados, ardidos.

Tentei expedientes vários, estratagemas, passos detetivescos e outros métodos discretos que tinham sempre algo em comum: não davam certo. Era como esbarrar numa parede de concreto, e essa sensação de impotência, que me perseguia durante as buscas, tinha também seu componente de assombro: como eu pudera viver tanto tempo atrás dessa muralha?

O desespero me levou a procurar Eugênio, que fora meu colega no curso clássico e tinha funções junto ao comando. Confessei lisamente meus tormentos e Eugênio prometeu me auxiliar. Ela não quer te ver porque é perigoso, ele disse, está te protegendo, está apostando no futuro. Sim, eu disse, no futuro, quando formos dois velhinhos. Eugênio balançou a cabeça, vou te conseguir, ele disse, te prometo, mas o melhor para teu bem é esquecer tudo: nessa encrenca em que a gente se meteu o individual e o social não conciliam e é preciso tocar em frente, até o fim.

Como cantava a Bioy:

*La última noche que pasé contigo
quisiera olvidarla por mi bién.*

E eu cantava junto, com a voz embargada, ou talvez dormisse sonhando que cantava, pois despertei subitamente com o toque do telefone, tão estridente que parecia me lançar noutro mundo, noutra vida, desvairada e premente. E o Opala? O café estava pela metade, frio.

Era Helena.

– Eugênio caiu – e desligou.

Corri à janela. O carro estava lá, mas de seus ocupantes nem sinal. Abri a porta do apartamento e, não vendo ninguém, desci veloz e silenciosamente a escada. Do corredor lateral do térreo espiei a porta da rua e vi dois homens atrás dos grandes vidros, um deles com o dedo no porteiro eletrônico.

Passei à garagem, deitei-me para ver a rua pela fresta da porta à rés do chão. Havia um carro na calçada, um Volks Sedan azul, três homens junto dele. Não via os homens, não os via por inteiro, só as pernas e o para-choque do automóvel, a alça do capô. Retornei, ofegante, ao corredor. Os outros dois continuavam à porta do edifício e apertavam indiscriminadamente vários botões. Num impulso, e querendo acreditar que o zelador estava ausente, adiantei-me. Eles soquearam o vidro.

– Polícia – gritou o mais alto, de terno cinza e colarinho, mostrando um documento que não cheguei a ver.

Abri a porta, ouvindo pelo alto-falante do porteiro vozes de pessoas cujos apartamentos eles recém haviam chamado.

– Traz o Marco pra ficar com ele – disse o alto, e enquanto o outro se afastava, andando rapidamente pela calçada, indicou o corredor ao lado dos elevadores. – Onde é que vai dar?

– Na garagem.

– Fora a porta da frente, é a única saída?

– É, dá na outra rua.

– Espertinho – murmurou.

O segundo policial retornou com o que se chamava Marco e era ainda muito jovem.

– Vamos subir – disse o alto. – Você fica com o inspetor e não se afasta dele, certo?

O Inspetor Marco fechou a porta do edifício e sentou-se na mesa da portaria. Ofereceu-me um cigarro, que peguei com dificuldade.

– Nervoso?

– Polícia é polícia.

Aproximou o isqueiro aceso.

– Conhece os moradores todos?

– Mora muita gente aqui.

– E o do 28?

– O professor?

– Professor, é? – e riu.

– Se é ele, conheço. Sempre conversa comigo quando entra e sai. Vive entrando e saindo. Agora mesmo passou pra garagem.

– Ele desceu?

– Vi ele entrando na garagem.

– Agora?

– Agora não, quando eu vinha atender.

Abriu a porta, olhou a rua, tornou a fechá-la, visivelmente preocupado.

– Fique aqui – mandou, indo para o corredor. A meio caminho parou, voltou-se. – Por este lado é a única saída?

– É, dá na outra rua.

Encostou-se na parede, como disposto a esperar. Parecia mais tranquilo.

– Inspetor – chamei, a voz sumida. – Tem uma janela na garagem, mas é um pouco alta. Dá no terreno vizinho.

– Merda – ele reagiu. – Não saia dessa porta, tá entendendo? Se alguém passar por aí – e ergueu o dedo – te fodo com tua vida.

Ao entrar na garagem levava o revólver na mão. Dentro de um minuto ou menos saberia que não havia janela alguma. Abri a porta e saí. Ninguém à vista, ninguém que se interessasse por mim. Tomei a direção oposta à da avenida, em passadas largas, rápidas, sem correr. A distância que me separava da outra esquina, mais de cinquenta metros e menos de cem, parecia ter mais de mil e a percorri sem alterar o passo, sem olhar para trás. Quando finalmente a alcancei, lancei-me não a correr, mas num trote acelerado que me levou à segunda esquina e ao ponto do táxi. Não pensava em nada. Continha-me para não gritar.

Não pensava em nada e no entanto havia qualquer coisa em mim que subvertia o gosto da vitória. Um passo em falso? Um esquecimento? Andando por uma rua do centro, conferi o conteúdo dos meus bolsos: a carteira, uma caneta, a chave de uma caixa postal, não, não era isso, era um sentimento de urgência, insidioso, amargo, que se relacionava com Helena e ameaçava em ritornelo: não a terás, não a terás.

Na Rua da Praia, de uma engraxataria que alugava telefone, chamei Helena.

– Saí de casa.

– Tiveste visitas?

– Tive.

– Eu adivinhava. Problemas?

– Problemas, problemas, não.

– Tudo bem agora?

– Sim, mas eu gostaria...

– Está bem – cortou ela. – Me telefona dentro de uma hora e te cuida, sim? Olha que vou repetir: te cuida.

– Quero te ver.

Desligou. Tornei a chamá-la.

– Helena, eu te amo. Por favor, não desliga.

Não falou em seguida e ouvi ou pensei ouvir sua respiração.

– Me responde sim ou não – disse, por fim. – Estás acompanhado?

— Que pergunta! E o acompanhante não ia ficar numa outra linha te escutando? Estou na Rua da Praia, acredita.

— Em ti eu acredito.

— Helena, eu te amo. Se estivesse com alguém teria necessidade de dizer isso?

Não respondeu.

— Helena, estás ouvindo?

— Sim – era pouco mais do que um sussurro.

— Quero falar contigo sobre Belém.

— Belém Novo?

— Tem árvores lá, o rio, aquelas pedras enormes. Não gostas de Belém Novo?

— Ah – fez ela –, uma história de petúnias.

— Sim, petúnias, tens alguma coisa contra elas?

— Eu adoro petúnias, são tão delicadas.

— Vermelhas, azuis, brancas, lilases... gostas?

— Por que falar nisso agora?

— Porque chegou a hora. Vem comigo, te espero na frente do Ryan.*

— Mas eu não posso fazer isso. E os outros?

— Transfere a linha pro contato e ele que avise os outros. Não és insubstituível, ninguém é insubstituível, dá pra compreender?

— Me dá um tempo.

— Meia hora.

— Estás louco?

— Estou, completamente.

---

* Tradicional café da Rua da Praia, em Porto Alegre, que depois seria fechado. (N.E.)

Silêncio.

– Helena.

– Sim?

– Queres terminar a vida como a mulher do livro?

Silêncio outra vez.

– O hotel, a sacada, era tudo brincadeira?

– Me ajuda – suplicou. – Me dá um tempo.

– Ou vens ou vou te buscar.

– Mas não sabes onde é...

– Sei, claro que sei. Eugênio me disse.

– Eugênio? Ele sabe? – e o tom era de alarma.

Não a terás, não a terás, recomeçava o estribilho.

– Cai fora – gritei.

– Sim, sim – ela disse. – Aconteça o que acontecer, quero que saibas...

– Não quero saber nada, cai fora – e desliguei.

Subi correndo a Rua da Praia, correndo atravessei a praça defronte à Santa Casa, onde tomei um carro. Em dez minutos, se tanto, entrava na sua rua.

– Devagar – pedi ao motorista.

A poucos metros do edifício vi o Opala cor de café, vazio. Adiante, o Sedan azul com dois homens. O do volante era Marco, que dizia qualquer coisa ao outro e gesticulava muito.

– Seguimos? – quis saber o motorista.

Seguir? Para onde? De repente não havia mais nada, exceto a certeza de que o sonho se acabara tão rapidamente como se acabam as petúnias, tombadas, murchas, antes do fim da estação.

Não, não era isso.

O sonho continuava e continuaria, mesmo depois da estação das flores, enquanto houvesse um violão e desgraças de amor: ele era outro bolero da fita de Julia Bioy, cujo último acorde, como um nó, trancava em minha garganta.

– Seguimos ou paramos? – insistiu o homem.

– Seguimos.

– Sempre em frente?

– Sempre em frente – eu disse. – Mesmo que a gente queira voltar, não pode.

– Não, não pode – assentiu o motorista. – Essa rua tem mão única.

Procura-se um amigo

Era um domingo à noite e a gente humilde da cidade convergia para a praça do Centro Cultural. Pelos passeios de saibro chegavam grupos ruidosos de rapazes, casais de namorados, homens solitários que às vezes paravam à beira do caminho e escrutavam o movimento no afã de uma companhia. Outros vinham com a família. Engraxates, sentados em suas caixas, observavam os passantes, e pelo hábito, olhavam primeiro os sapatos, depois quem trafegava em cima.

Pequena multidão, mais compacta, formava-se junto à porta do edifício, e eu também estava ali. Queria rever Daniel, parceiro de antigas noites boêmias na distante Porto Alegre. Daniel agora era um pintor de nome, o retratista da moda entre as bacanas. Dera no jornal que estava na cidade e compareceria àquela festa no Centro Cultural, e eu queria propor que, no seu retorno à capital, viajássemos juntos.

Chegaram os brigadianos, postaram-se uns ao longo da calçada, outros junto à porta. Pouco mais tarde, recebidas por um zunzum da multidão, as personalidades: cavalheiros engravatados que não olhavam para os lados, ou o faziam sobranceiros às nossas obscuras cabeças, damas de vestidos longos que pareciam causar inveja e temor às suas congêneres de rústica extração.

Uma mulher estava logo à minha frente, com o bebê. O marido era um gordo falastrão e por ele fiquei sabendo que um dos recém-chegados era o prefeito.

– Miau – fez o gordo em falsete, e explicou: em duas gestões, o homem comprara duas estâncias.

Atrás do prefeito vinha o poeta citadino, que no jornal de sábado dedicava versos às mães, aos astronautas americanos e ao Papai Noel. E o poeta nos lançava olhares complacentes, aqueles olhares que, decerto, reservam os poetas para seus leitores semanais.

O médico, de paletó branco e gravata-borboleta, foi outro que despertou certo alvoroço. Roubava nas consultas do instituto, ilustrou o gordo, e era metido a garanhão. Achei graça, ele me empurrou com o ombro.

– Tá rindo? Minha mulher só consulta na farmácia.

– Arcendino – protestou a mulher –, o que o moço vai pensar da gente?

O saguão do Centro já se enchia.

– Festança – comentei.

– O velho retouço dos graúdos. Se cai uma bomba em cima sobra só pé de chinelo que nem nós.

– Não é má ideia.

– Já pensou? A farra? – e me olhou. – O amigo não é daqui, certo?

– Sou, mas morava em Porto Alegre.

Quase não ouviu.

– Olha aquele de cabelo branco! Tá vendo? É o comandante da guarnição, amigo do Médici. Quando ele resmunga a cidade cai de joelhos.

– Arcendino – protestou de novo a mulher.

O comandante entrou no Centro, à frente de um pequeno cortejo de admiradores. Em seguida avistei Daniel. Ele também me viu e, rapidamente, voltou-se para a dama que o acompanhava. Mas eu já me adiantara.

– Daniel!

Ele passou, evitando a mão que lhe estendia.

– Daniel – insisti.

Um soldado se interpôs.

– Pra trás!

Não era a primeira vez, naqueles anos, que me acontecia ser ignorado ou repelido. Eu dizia compreender esses fatos deprimentes – derivações de uma circunstância que se impunha duramente à fraternidade entre as pessoas –, mas tal compreensão era uma farsa. Lançavam uma gosma ferruginosa ao teu redor e todo mundo se afastava, como se teu mal fosse contagioso e mortífero. Vestias a máscara da saúde, mas, por trás dela, teu ânimo era o de um doente terminal.

No saguão o movimento serenava, a festa, nos salões, estava começando. Arcendino me ofereceu um cigarro.

– Terminou a coisa – disse, algo decepcionado.

Acendemos nossos cigarros e ele propôs uma cerveja no bar da Rodoviária. Me ofereci para carregar o bebê e a mulher de bom grado aceitou.

– Pesadinho, não?

– É, nasceu com quatro quilos.

– Então é filho do pai dele.

O gordo riu, satisfeito.

No bar, pediu uma cerveja e três copos. Comentou o incidente com Daniel – quem sabe eu não me enganara –, lembrou um caso semelhante e, afinal, quis saber:

– O amigo faz o quê?

– No momento... nada.

Os dois se olharam e ele fez um gesto como a dizer que entendia, embora sua expressão denotasse o contrário.

– Antes trabalhava num jornal – acrescentei –, mas tive alguns problemas.

Os dois se olharam novamente.

– Saúde?

– Não, a saúde vai bem – e não escondi: – Foi a política.

– Não me diz que te prenderam.

– Duas vezes.

– Esses milicos... Olha só – disse à mulher –, mais um que eles atiraram na rua da amargura.

– Vai passar – eu disse. – Estou indo amanhã pra Porto Alegre e é quase certo que...

– Tenho um primo que também foi preso – interveio a mulher. – Pegaram ele com maconha.

Arcendino não gostou da comparação.

– Não é a mesma coisa, teu primo aquele é um cafajeste.

Contou a história do primo e outras mais, e já vazios os nossos copos me convidou para trabalhar com ele num setor do matadouro, onde havia um lugar de conferente. O gerente era do peito, assegurou, e para quem se dava bem com o lápis era canja, só rabiscar num papel quadriculado.

– Tem parente na cidade?

– Só a mãe.

– Então! Amanhã é segunda, por que não aparece? Matadouro dos Mallmann, depois da ponte. Um servicinho a preceito e tu ainda pode ficar perto da velha, dando uma assistência – e fez um gesto largo: – Mãe é mãe.

Eu quis dizer algo, mas o que disse não foi além de um murmúrio entrecortado. Ele pagou a cerveja e, já de pé, tirou a chupeta do filho.

– Dá tiau pro titio.

O bebê me olhava. Arcendino insistia, tiau pro titio, tiau pro titio.

– Ele não sabe dar tiau – disse a mulher.

– É um babaca – disse o gordo, e me cutucou com o braço. – Como é, vai aparecer? Garanto o lugar.

E era como se garantisse: vieste procurar um amigo e o encontraste.

– Vou – pude responder.

Café Paris

Ela veio ao hotel no começo da tarde e me esperava na saleta ao lado da portaria.

– Eu soube que tinhas chegado. Imagina, estamos na mesma cidade, um perto do outro, depois de tantos anos.

Ainda era bonita, certamente, mas estava um pouco envelhecida e trazia nos olhos, ou talvez na boca, certo traço que tornava seu rosto um tanto amargo. Ela também me examinava, decerto pensando coisas semelhantes: que eu estava meio gasto, com muitos cabelos brancos, que a musculatura dos meus braços já não era tão firme e meus dentes não eram os mesmos.

Perguntei se me acompanhava numa bebida e sugeri um martíni, sua predileção de moça. Não, não queria nada, e quando insisti ela disse que gostaria, sim, de tomar um martíni, ou diversos, mas nada tomaria. Riu-se.

– O que eu queria mesmo era subir lá no teu quarto, depois tomar um porre – e sorria ainda quando acrescentou: – O sonho é pra sonhar, não é? Quem sabe a gente toma um café nalgum lugar... um lugar discreto.

– Está bem – eu disse –, mas os lugares discretos de Porto Alegre eu acho que não conheço mais.

— Pode ser no Café Paris.

E me olhava de modo oblíquo, travesso. Os anos lhe haviam cobrado a conta exata, mas em muitas coisas ela continuava a mesma, certos gestos, certa maneira de me olhar, certo encanto que era só dela e que fazia renascer velhas e fortes emoções. Sentia-me feliz por isso, ou dir-se-ia vitorioso, como se me fitasse num espelho e me descobrisse inteiro depois de um sonho em que me despedaçara.

No caminho para a Azenha, que fizemos de táxi, contou-me que uma vez descobriu meu nome no guia telefônico de São Paulo. Fez uma chamada, atendeu uma voz de mulher e ela desligou. Mais tarde ligou de novo, atendeu um homem, mas a voz era outra, o jeito era outro.

— Nunca estive em São Paulo.

— Mas era teu nome.

— Nunca tive telefone.

— Claro, eu devia imaginar. Nem telefone, nem casa, nem carro, nem ao menos uma roupa bonita.

— Continuo pobre — eu disse.

Ela tocou na minha mão.

— Me preocupo tanto contigo... Às vezes penso que podes estar doente e sem ninguém pra te cuidar, penso nos botões das tuas camisas...

— Obrigado. E no meu coração?

Ela olhou pela janela do carro, como distraída, depois começou a falar no Café Paris, que era um lugar atraente, aconchegante, que lá a gente podia conversar, tomar um chá, e continuou falando de outras coisas, menos de uma, aquela que era o nosso maior segredo.

No Café, escolheu uma mesa de canto, protegida.

– Quem sabe um martíni – insisti.

– Não, eu preferia...

– Um martíni não vai te fazer chegar em casa com cheiro de quem se regalou.

– Vá lá, um martíni doce.

– Dois – pedi ao garçom.

Falamos um pouco de nossas vidas, não muito, e a conversa, que se anunciava fácil, talvez emocionante, ia se tornando difícil e forçada, como tropeçava e se espatifava ao chão e então era preciso buscar novos argumentos para erguê-la e mantê-la em pé. Recomeçávamos. E recomeçamos outras vezes até que, de repente, o silêncio como ocupou mais um lugar à mesa. Ela o afugentou com visível esforço:

– Laura vai fazer dez anos.

Então era esse o nome?

– Laura – eu disse.

– Gostas?

– Sim, é lindo.

– Uma vez me disseste que gostavas desse nome.

– É lindo.

– Olha – e abriu a bolsa –, te trouxe duas fotos, esta é recente, e nesta ela está com oito anos, foi no dia do aniversário.

Peguei as fotografias, minhas mãos tremiam.

– Não é bonita?

Ela parecia querer lembrar, com orgulho, que nós a fizéramos juntos, pedaço a pedaço, em tardes de um amor desesperado e louco, em quartos de hotéis obscuros, em horas contadas a suor e a arquejos e a suspiros de medo, e que trazia nos olhos...

– Viste os olhos?

...talvez, a beleza e o susto do fruto proibido.

– Esses olhos são os teus – murmurei.

No seu rosto se acentuou aquele traço amargo.

– Estou com um vazio no peito – eu disse –, mas é tão bom, é um sentimento tão amável...

Em silêncio, ela olhava para o cálice vazio.

– Não é como a gente sentia antes?

– Não sei.

– É exatamente como antes.

– Por que ficar lembrando? As coisas nunca voltam a ser como eram antes.

– Eu gostaria que voltassem.

– Ficaste louco?

Guardei as fotografias no bolso da camisa. Ela afastara a cortina e olhava para a rua.

– Quem sabe a gente toma um porre – sugeri.

Ela fez que não com a cabeça.

– Que outra coisa isso pode merecer, senão um porre?

– Eu tenho que ir.

– Mas é tão cedo...

– Não posso ficar mais.

Chamei o garçom, pedi mais dois martínis.

– Um – ela corrigiu.

Levantou-se.

– Vou à toalete, devo estar com uma cara de doente.

O garçom trouxe a bebida.

– Leve de volta, por favor – pedi. – Me traga uma cuba-libre, como nos velhos tempos.

O homem sorriu, fez uma pequena mesura e afastou-se. Ela retornava, mas não voltou a sentar-se.

– Pagas a despesa?

– Que pergunta.

– Por quê? Antigamente era eu quem pagava. Me deixas pagar?

– Claro, como nos velhos tempos.

Ela inclinou-se e me beijou no rosto.

– Guardaste as fotografias?

– Guardei, estão aqui.

– Vais olhar pra elas?

– Com toda a certeza. Vou olhar sempre.

– E cuida da tua saúde, eu me preocupo tanto, eu penso tanto...

– Vou cuidar, prometo.

– Olha, eu queria... – começou ela, mas emudeceu, balançou a cabeça e voltou-se e foi embora.

Acendi um cigarro, minhas mãos ainda tremiam.

– Sua cuba, senhor – disse o garçom.

A era do silício

Pouco importa quem era o homem e tampouco suas atividades. Era alguém que, cumprindo ordens, ia viajar – isso basta – e precisava concluir na agência bancária do aeroporto uma inadiável transação que, por imprevidência, não concluíra noutra hora e noutro lugar.

E isso também basta.

Após confirmar a passagem, foi ao banco e ali se deparou com uma extensa fila diante do balcão de um único caixa. Esperou pacientemente, a princípio, mas, vendo que o atendimento tardava, começou a inquietar-se. Quando faltavam escassos minutos para a última chamada aos passageiros, pediu auxílio a um funcionário.

– Esse serviço é só no caixa – disse o funcionário, atento à tela de seu computador.

– Mas não há tempo. Meu avião...

– No caixa – tornou a ouvir –, só no caixa.

– O senhor poderia me olhar, ao menos – disse o homem, e o funcionário o olhou, dir-se-ia com espanto, como se recém tivesse percebido que ele estava ali.

Voltou-se o homem e, adiantando-se à fila, abordou o sujeito grisalho que estava à frente dos demais. Explicou-lhe o que se passava, mas o outro, que em meio à explicação já negava com a cabeça, foi seco:

– Tem que entrar na fila.

– Apelo à sua compreensão, estou com muita pressa.

– Quem hoje em dia não está com pressa?

Refez seus passos, dirigindo-se à mesa da gerente, e na altura do pômulo seu rosto estremecia num tique. Como pudera descurar daquela providência? Sim, nas últimas semanas estivera mais no ar do que em terra, a serviço da firma, e tanto se extenuara que, à noite, mal conseguia dormir, mas a firma não tinha nada a ver com isso, a firma era a firma, com suas próprias e precisas leis de dar e receber, e ele sabia que, nesse estatuto, não havia lugar para a complacência.

– Estou em apuros – disse, em pé diante da grande mesa oval. – Dentro de minutos parte meu avião. Me ajude, por favor.

E referindo a transação que lhe urgia proceder, ouviu da mulher o que já lhe soava como aflitiva melopeia: não havia remédio senão entrar na fila e esperar a vez.

– Procure entender – insistiu, e as contrações faciais se acentuavam –, perder a passagem é o de menos. Se não me ajudar, minha viagem perde o sentido e perco eu muitas coisas mais.

A gerente, que até então mal o olhara e esmerava-se na conferência das tabelas que se sucediam em seu monitor, retirou as mãos do teclado e o fitou, impaciente.

– E aqueles que estão lá? Eles chegaram primeiro e cada qual tem seus problemas, suas urgências.

— Não quero prejudicar ninguém — disse ele, elevando ligeiramente a voz. — Estou pedindo que a senhora mesma me atenda.

— Eu? Mas não vê que estou ocupada, que tenho minhas obrigações? Peça o lugar a alguém da fila.

— Eu já pedi...

— Então — e fixou-se nas tabelas — não posso fazer nada.

— Mas isso é um absurdo!

Ela retrucou em tom baixo, metálico:

— Não me obrigue a chamar a segurança.

Por um momento o homem olhou, estupefato, para a mulher e para a máquina, como se não soubesse de qual delas tinha partido a ameaça. E retornou ao balcão. Transpirava, minúsculas gotas lhe perlavam no lábio superior, e em sua camisa manchas pardas se adensavam nas axilas.

Ponteava a fila um casal de namorados. Eram jovens, na plenitude de suas louçanias, conversavam aos cochichos, sorridentes, e o homem, esperançoso, pensou que aqueles moços, com a generosidade e o desprendimento próprios da juventude, haveriam de socorrê-lo.

Tocou no ombro do rapaz:

— Por favor, meu avião...

— Não — cortou o rapaz.

— Não?

O rapaz virou-lhe as costas, a namorada riu. Era a vez deles, o casal solicitou uma informação e, após recebê-la, passou por ele com ar de troça. O homem esteve a ponto de gritar. E ao recuar, com a perplexidade e o susto de um animal ferido, deu com o olhar ansioso daquele que agora era o primeiro da fila, um menino de bermudas que, no mesmo instante, fez-lhe um sinal, oferecendo-lhe o lugar.

O homem sentiu uma onda de calor que, subindo, apertou-lhe a garganta, mas antes que pudesse dizer qualquer coisa foi chamado ao caixa. Finda a operação, quis agradecer convenientemente ao seu pequeno benfeitor e então pôde constatar, pela eloquência gestual, pôde constatar, com um baque no coração, que se tratava de um surdo-mudo. "Meu Deus", murmurou o homem, e com os espasmos de quem resiste às instâncias da emoção, abraçou o menino e o beijou, certo de que tivera o privilégio e a fortuna de encontrar, numa hora de angústia, um dos raros indivíduos de uma espécie em extinção, aquela que ainda conservava, no fragor do mundo contemporâneo, a doce humanidade das criaturas.

Já se retirava quando viu a mulher, de sua mesa oval, distinguir-lhe com um meio-sorriso. Ele entreparou, surpreso. Como ela se atrevia a compartilhar de algo para o qual não concorrera? E aquele esgar era um sorriso? Os traços que deveriam sugerir a descabida cumplicidade sugeriam, antes, o lastimoso ríctus da amargura. E uma parte sua, a mesma que se comovera tão intensamente e ainda reinava, em seu coração, sobre a corte dos ressentimentos, compadeceu-se daquela mulher. Ela tinha razão ao dizer "não posso fazer nada", como teria também se dissesse, como Ulisses a

Polifemo, "meu nome é ninguém"*. Ela era apenas um dígito no universo binário da entidade que a controlava, desde os esconsos de um longínquo mainframe. Ela e todos que ali trabalhavam. E para consolidar a excelência de seus serviços, para obstar mensagens de erro ou de obsolescência que os expusessem às razias da tecla punitiva, já renegavam seus sentidos, já não reconheciam sentimentos, já eram soldados da era do silício e até prefeririam que lhes substituíssem as células nervosas por plaquetas de transistores, diodos e circuitos integrados. Já não eram integralmente humanos e, ao invés de algozes, eles também eram as vítimas, marchando como marcham os bois de canga, a pontaços de picana. E assim o sujeito grisalho, assim o casal de namorados, que igualmente tinham perdido a capacidade de ouvir, como ouvira aquele surdo-mudo.

E eu, perguntou-se o homem, serei como eles?

Mas pouco a pouco ia dessorando sua emoção, como se o sangue que lhe estuara começasse a coagular. Estava atrasado, pressionado ele também, em nome da eficiência, e já não tinha tempo nem valor para buscar respostas.

---

* *Odisseia*, IX. (N.E.)

UMA VOZ DO PASSADO

Toca o telefone.
– Alô? – atende o homem, despertando.
Silêncio.
– Quem é?
Silêncio ainda.
– Que é isso? Brincadeira?
– Alô – voz feminina.
– Sim, alô. E daí?
Outro silêncio.
– Vais continuar brincando?
– Não estou brincando...
– Não? Ótimo. Quem fala?
– Uma amiga.
– E ela não tem nome?
– Não.
– Então é assim? Me telefonas tarde da noite, me acordas e não vais dizer teu nome?
Silêncio.
– Me conheces desde quando?
– Ah, faz tempo...
– Quanto tempo?
– Desde... ai, desde quando eu tinha dezesseis anos.

– Verdade? – e o homem, que estava deitado, senta-se e liga a lâmpada. – Que idade tens agora?

– Ah, isso não importa.

– Claro que importa. Estou tentando te identificar, não é?

– Pra quê?

– Como *pra quê*? Isso é um trote?

– Não, claro que não.

– Então vamos começar de novo. Onde foi que nos conhecemos?

– Se te disser, descobres.

– Mas... por que me ligaste, se não queres que eu descubra? Pra me torturar?

– Não, eu não seria capaz. Ainda mais contigo...

– Por que *ainda mais* comigo?

– Não dá pra desconfiar?

– Não! Não dá! Me conheces de Porto Alegre?

– Não.

– Santa Maria?

– Não.

– Uruguaiana?

Silêncio.

– Uruguaiana? Agora é pra valer: responde ou desligo.

– Uruguaiana.

– Custou, hein? E estás telefonando de Uruguaiana?

– Não. De Porto Alegre.

– Mas foi em Uruguaiana que me conheceste.

– Foi. Não moraste lá? No Hotel Glória?

— Morei.

— Pois então... Foi lá.

— E aí nós continuamos nos vendo etc. etc.

— A última vez que te vi... foi na estação, em Uruguaiana.

— Na estação?

— Estação do trem, no dia em que foste embora. Me disseram no hotel que embarcavas à tardinha, no *Pampeiro*, e então fui lá te olhar.

— *Pampeiro,* isso mesmo, aquele trem... Mas não falaste comigo?

— É que... já não havia nada entre nós.

— Então quer dizer que, antes, houve qualquer coisa?

— *Qualquer coisa?*

— Desculpa. Eu quis dizer...

— Houve.

— Mirta?

— Ai, eu sinto tanto por te lembrares de outra...

— Vânia?

— Que crueldade.

O homem, com surpresa, sentiu o coração acelerar.

— Mariana?

Silêncio.

— Mariana?

E como num filme antigo de que guardasse, sobretudo, uma saudade comovida, pôde rever a mocinha de cabelos e olhos negros, traços ciganos, que todas as tardes aparecia no hotel com uma cestinha, oferecendo pasteizinhos com recheio de creme. Era bonita, tinha pernas e seios desejáveis e ele costumava divertir-se à custa dela, fazendo-lhe juras de amor na presença de outros hóspedes. Habituara-se àqueles gracejos e sentia tanto prazer em fazê-los que se aborrecia quando ela não vinha.

Um dia, tendo notado que ela o olhava mais do que o necessário e que tremiam suas mãos ao lhe entregar as moedinhas do troco, pôs um bilhete na cestinha, dizendo que a esperava no quarto. Ela não subiu. Por uma semana desapareceu, mas, ao voltar, era tão evidente sua perturbação, tão amoroso seu olhar, que ele escreveu outro bilhete.

E ela subiu.

Continuou comprando pasteizinhos e a gracejar, como se nada tivesse acontecido, e ela continuou olhando-o – uma meiguice e uma candura que lhe davam remorsos –, continuou tremendo, certamente amando-o. E num dia qualquer, no *Pampeiro*, ele deixou a cidade e nunca mais a viu.

Agora, ouvindo-lhe a voz, lembrava-se dela como de um pecado que fosse, ao mesmo tempo, tão doce quanto sem perdão.

– Mariana – disse, e pensou, sem querer pensar, que se passara já uma eternidade e logo faria trinta e sete anos. – Tanto tempo...

– Ai, demais. Eu sempre quis te procurar.

– Mas não me procuraste.

– A vida.

– *A vida?*

— Não estavas casado?

— Estava. Me separei faz pouco.

— Eu sei. Sei até onde moravas. Passei muitas vezes na frente da tua casa, queria te ver e nunca consegui.

— E tu? Casaste?

— Não vale a pena falar nisso. Eu só queria...

Silêncio.

— Mariana?

— Sim?

— Por que me telefonaste?

— Porque sim.

— Só isso, *porque sim*?

— Se te dissesse outras coisas, ririas de mim.

— Por que eu faria isso?

— Lá em Uruguaiana estavas sempre rindo...

— Lá em Uruguaiana eu era um cretino!

— Não, não eras, mas estavas sempre rindo.

— Não sou mais assim. Não vou rir. Diz.

— Pra quê? Não, não vou dizer, não quero.

— Queres, sim, foi por isso que telefonaste. É alguma coisa com sentimento?

— E podia não ser?

— Pronto. Agora ficou fácil, é só dizer.

— Tu já disseste.

— Não, eu só defini o assunto. Vai, diz.

— É isso mesmo... sentimento...

— Me amavas?

— É... eu te amava... ai, meu Deus, como eu te amava... eu...

Um soluço.

– Mariana...

Silêncio.

– Mariana, escuta...

– E tu?

– Eu?

– Chegaste a me amar?

– Eu... bem, eu... eu sempre tive um carinho muito grande por ti... aquilo que eu percebia que sentias por mim...

E começava a pensar, como se uma parte sua, quase morta, irrompesse de um quadrante sombrio, começava a pensar, não sem certo horror, que jamais a esquecera e que também jamais soubera compreender aquilo que um dia sentira por ela. E se perguntava, com emoção, se de fato não a teria amado.

Amara a inocência dela, isso era certo.

E amara aquele corpo intocado, cuja branda geografia agora renascia em sua lembrança com o calor de uma febre. Aqueles montes sedosos que arfavam e suas grimpas eriçadas, o estreito da cintura a fletir em amenos quadris peninsulares e então aquela ínsula secreta, que tinha sede de mastros e descobrimentos, que esperara dezesseis anos para encontrar ali, naquele quarto do Hotel Glória, naquela cama – naquela caravela de lençóis amarfanhados –, seu primeiro *insulanus*, seu grande almirante, seu genovês, seu Cristóvão Colombo.

E o que mais teria amado?

– ...olha, pode ser, sim, que tenha te amado... mas não sabia. Eu era muito avoado, muito volúvel.

— Isso eu sei. Aquela Vânia...
— Mas se a gente se encontrasse outra vez...
— Isso não.
— Por que não?
— Porque não dá.
— Mas não poderíamos conversar?
— Por telefone, quem sabe.
— Por telefone? Ora, não brinca!
— Não estou brincando. Ai, preciso desligar.
— Estás brincando, sim. Não percebes que te ouvir, depois de tantos anos... saber que estás tão perto, que és uma menina ainda com teus vinte e quatro, vinte e cinco aninhos... Olha, eu estou sentindo uma coisa estranha. Tenho quase certeza de que te amei sem saber.
— E logo me esqueceste.
— Eu nunca te esqueci e se a gente se encontrasse...
— Agora vou ter que desligar. Eu só queria dizer...
— Já disseste, não basta.
— Se puder, telefono.
— Estamos no telefone, vamos falar agora, vamos combinar...
— Mas eu já disse, não dá, simplesmente não dá...
— Como *não dá*? Por que *não dá*?
— Ai, meu Deus, preciso desligar, estou falando da casa de outra pessoa.
— Que pessoa?
— Outra pessoa. Eu só queria dizer...
— Não, isso não se faz. Espera.
— ...que nesses anos todos...

– Mariana, escuta, estou com vontade de chorar, tá? Olha só, já estou chorando... Isso é vingança?

– Não, não, como podes pensar... ai, não posso falar mais...

– Espera! Pensa bem, Mariana: por que tu achas que eu comprava os pasteizinhos? Eu nem gosto de pastel, eu só comprava pra ver se voltavas, eu...

– Se noutra noite eu puder... – ela disse. – ...se eu puder...

E desligou.

– Mariana – o homem gritou, erguendo-se.

E manteve o fone ao ouvido, esse homem, esperando um milagre, e por fim desligou também e ficou olhando, perplexo, as paredes nuas de seu quarto – aqueles anos perdidos –, sentindo-se pungir por todas as perguntas que não teriam resposta se não tornasse a ouvir aquela voz.

Um aceno na garoa

Não creio que a tivesse visto antes. Era uma rua sossegada depois das dez da noite e se chegasse à janela facilmente a notaria, encolhida num portal ou andando para espantar o frio. Mas era possível, sim, que tivesse estado ali naquelas semanas todas. Eu pouco olhava à janela e depois das dez quase nunca, com aquele tempo feio.

Segunda-feira e eu acabava de chegar da rua, mais um dia procurando emprego em vão. Pendurei a roupa úmida no porta-toalha do banheiro e vesti o abrigo cinza que era também o meu pijama. Preparava um café para me aquecer e então a vi lá na calçada, rente à parede para proteger-se da garoa. Vinha um homem de capote e ela se adiantou. O homem passou de cabeça baixa, deteve-se na esquina como a orientar-se, logo tornou a andar e perdeu-se na sombra. Pouco depois outro homem desceu a rua. Ela o interceptou e na chama do fósforo vi seus cabelos longos e escuros, os olhos sombreados, a boca de carmim. Mas o segundo homem acendeu-lhe o cigarro e também se foi.

O café tomei sem açúcar, à noite não adoçava para economizar, do pãozinho comi só a metade. Deitei-me, até me felicitei por poder fazê-lo sob um cobertor, numa noite como aquela, e de repente um grito ali na rua, como debaixo da janela. Um grito esganiçado e fui espiar, cheio de medo e de presságios. Havia um carro parado, e um homem, na calçada, torcia o braço da mulher.

Abri a janela e o chamei:

– Ei, amigo.

Ele entrou no automóvel, me insultou e foi embora. A mulher pôs-se a juntar alguns objetos.

– Tudo bem?

– Tudo bem – e riu. – O cachorro ia me tomando uns pilas.

A voz não combinava com a figura que eu pudera entrever no lume do fósforo. Renovei um pensamento anterior, de quando estivera a observá-la: agradava-me uma companhia naquela noite, agradava-me ter uma mulher e acreditava que não lhe faria mal algum recolher-se a um lugar mais aquecido, se estava sem clientes e, na rua deserta, sujeita a violências.

– Vens tomar café comigo?

Acabava de fechar a bolsa.

– Café?

– Cai bem com um tempo desses.

Olhou para os lados, não vinha ninguém.

– Como é que eu entro?

Lancei a chave do edifício e fui esperá-la à minha porta. Era uma menina, com uma incrível pintura para dissimular os traços da idade.

– Tá bom aqui dentro, meus dedos estão duros.

Acendi o fogareiro, ela sentou-se na poltrona ao lado da mesa.

— Forte ou fraco?

— Bem forte. Quer que eu faça?

— Tá quase.

Conservava a bolsa no regaço.

— Tu mora sozinho, não é?

— Dá pra notar?

— Essa sujeira toda... não é chato? Eu não gosto de ficar sozinha, começo a suar.

— Açúcar?

Fez que não e assim era melhor, só me restava um pacotinho para meia dúzia de manhãs. Que ano penoso. Três meses sem trabalho e até os amigos me evitavam, para não ter de contribuir com dinheiro e fianças. Mas isso era o de menos. O pior era pensar, como pensava então, que aqueles poucos homens eram todos os homens e que entre eles – tão distantes uns dos outros se achavam, cada qual com sua angústia de viver – já se rompiam os velhos e malcuidados fios da ternura humana.

Bebemos em silêncio. Dei-lhe um cigarro, ela fumava, me olhava e ria, e a última fumaça me soprou no rosto.

— Acho que já vou.

Mas não se moveu. Apagou o cigarro e, com a bagana, ficou remexendo na cinza.

— Preciso trabalhar.

— É cedo.

Concordou rapidamente. Levantou-se, passou a mão nos vidros embaciados.

– Hoje é um dia parado, posso ficar até qualquer hora.

Eu nada disse, ela se aproximou com ares que, decerto, julgava sedutores. Ia falar, começou a tossir e logo um acesso a interrompeu de vez.

– Tá feio isso. Não tomaste um xarope?

Já tossia novamente. Em casa nada tinha para dar-lhe, mas na semana anterior eu mesmo estivera com tosse e me arranjara.

– Vou te curar.

Fui ao corredor do edifício, retornando em seguida.

– Que é isso?
– Samambaia. A vizinha tem uma ali na porta.
– Não é veneno?
– Veneno é essa tosse.

Liguei de novo o fogareiro.

– Quem te ensinou que faz bem?
– Uma velha.
– Ah – fez ela.

Deixei o fogareiro aceso, por causa do frio que entrara pela porta.

– Toma, bebe que é bom.

Bebeu o chá com golinhos curtos, ruidosos, reclamando do "gosto horrível". Cruzou a bolsa a tiracolo e veio sentar-se nas minhas pernas. Queria me fazer agrados, me abraçava e me beijava repetidas vezes, a boquinha fria e a ponta do nariz mais ainda.

– Essa não – erguendo-se –, tu é brocha?

Eu disse que sim e ela sacudiu a cabeça, penalizada.

– Doença venérea?
– Não, é de nascença.
Voltou à poltrona.
– Que azar. Então não ganho o meu dinheirinho?
– E de onde eu tiro?
– Não tem nada?
– Estou desempregado.
– Se avisasse eu não subia, não é?
– E o café?
– Ora, o café... Tu é malandro, sabe? Traz a mulher pro quarto e não tem dinheiro. Mas tem o cafezinho, o chazinho...
– Acha que fiz isso?
– Acho.
Apaguei o fogareiro.
– Tá me mandando embora?
– De modo algum. Estou economizando o querosene.
Andou de novo até a janela, espiou a rua.
– Mora muita gente nesse edifício?
– Bastante.
– Imagina se começo a gritar que nem uma louca.
– Não quero nem pensar.
Deu um grito igual ao que dera na rua, e eu, morando ali a título precário, pois estava em curso uma ação de despejo, já antevia as dificuldades que no dia seguinte teria com a síndica, uma velhota que morava dois andares acima e me detestava, sem que nunca lhe tivesse feito mal algum.
– Não tem medo do administrador?

– Tenho.

Desfez-se afinal da bolsa e sentou-se aos meus pés, queixo nos meus joelhos.

– Qualquer coisa, diz que eu faço.

Fiz com que se afastasse e abri a gaveta onde guardava o envelope com o dinheiro da comida.

– Metade pra cada um.

Ela contou.

– Bah, que mixaria – e guardou no bolso do casaquinho. – Mas eu topo. Que quer fazer?

– Nada.

– Como *nada*?

– Se quer ir embora, pode ir. Se quer dormir aqui, a poltrona se abre e dá uma cama.

– Não quer trepar?

– Não.

– Só porque eu gritei?

– Não.

– Que foi que eu fiz então?

– Nada. Não quero, só isso. Já esqueceu que sou brocha de nascença?

– Não quer me chupar? Conheço um velho que só chupa e fica todo satisfeito.

– Todo satisfeito? Como é isso?

– Satisfeito, assim... Mas ele é brocha por causa da idade, teu caso é diferente.

– Claro.

– Vai me chupar?

– Não.

– Credo! Não tem tesão nenhum?

– Escuta aqui – eu disse –, é tarde e preciso levantar bem cedo.

– Vai procurar emprego?

– Isso mesmo.

– Tá bem, vou embora.

Pegou a bolsa, e eu precisava descer junto para fechar a porta do edifício. No corredor, apoiou-se no meu braço.

– Posso fazer uma pergunta... íntima?

– À vontade.

– Tu é brocha mesmo?

– Cem por cento.

– Não acredito. Pra mim tu é um mentiroso sem-vergonha.

Descíamos a escada no escuro. A velhota do terceiro andar costumava ficar acordada até tarde e com aqueles gritos todos era certo que estivesse de plantão.

– Tu é malandro... Não quer trepar comigo porque sou de menor.

– De menor? No duro? Não tinha reparado.

Ela bruscamente retirou o braço, encostou-se na parede da escada.

– Sou pobre, posso até ser feia e tenho um dente preto, mas nunca ninguém fez pouco caso assim de mim.

Olhava-a sem ver, na escuridão.

– Tá certo que tu me ajudou – e já fungava –, mas depois fica aí me esnobando, como se eu fosse uma aleijada. Eu não subi pra te pedir esmola.

E agora, pensei, que pedirá? Na parede defronte, cansado, me recriminava por tê-la chamado ao apartamento. Como se já não bastassem meus problemas e a falta de alguém a quem, na adversidade, pudesse chamar de amigo, ainda me abalançava a dar abrigo a uma vigaristinha.

Ela ainda chorava quando as luzes do edifício se acenderam e no topo da escada apareceu a síndica. Fitou-nos, abriu a boca num esgar de escândalo e foi-se. A garota me olhou, assustada.

– Que bruxa.

Dei uma risada, ela começou a rir também e quando a porta bateu com força no terceiro andar achamos uma graça imensa.

– Tô perdido – eu disse.

Ela continuava rindo e acrescentei:

– Sem casa, sem dinheiro, com um embrulhinho de açúcar e a metade de um pãozinho...

– Pobre homem... Meio pãozinho?

– E um naco de marmelada.

– Que horror.

A luz da escada se apagou. Ela parou de rir e no escuro procurou minha mão, pondo-a entre as pernas.

– Ai, tô tão excitada.

– Vamos subir.

– Não, aqui.

Encostada na parede, com um pé no degrau de cima, ela se pendurou no meu pescoço. Tinha um jeito estranho de amar. Um pouco ria, outro chorava, eu não sabia se aquilo era verdade e não me animava a afirmar que fingia.

Depois, na calçada, me fez um carinho na orelha e me deu um beijo estalado.

– Não quer dormir na poltrona?

– Não, ainda vou trabalhar.

Disse também tiau, a gente se encontra, e atravessou a rua, puxando o casaquinho sobre a cabeça.

Subi. Eram quase duas horas, talvez mais. Estendi o cobertor e ao deitar ouvi a garota chamar lá fora:

– Tu aí em cima!

Cheguei à janela. As luzes da rua dessoravam na névoa, formando redutos luminosos que não se comunicavam. No mesmo lugar em que a vira pela primeira vez, ela me acenava. Levantei o vidro.

– Tu de novo, dente preto?

– Quer que eu volte amanhã?

– Não, não quero – e fiz um sinal para que não falasse tão alto.

– Mas eu volto – baixando a voz. – Na mesma hora, tá? Vou trazer açúcar, pó de café, bolinho de polvilho, tenho uma porção de coisas no meu quarto.

– Não precisa trazer nada.

– Precisa sim. E se a bruxa velha te botar na rua, tu pode ficar lá comigo o tempo que quiser.

Ventava um pouco, pequenas rajadas vinham dar na minha janela, com respingos de garoa.

– Te amo – eu disse.

Ela bateu com o pezinho no chão.

– Tô falando sério!

– Eu também – eu disse.

Madrugada

A mulher terminou de banhar a criança, com água de uma lata aquecida ao fogareiro. De fraldas não dispunha, usou um pano que servia de toalha e que, na véspera, lavara umas quantas vezes. Vestiu-a com o macacãozinho azul e a mantilha rasgada, mas limpa, que pertencera aos outros filhos. A criança a olhava com olhos muito abertos, quieta, ela desviou os seus e fez um gesto brusco de cabeça, como a espantar um inseto teimoso ou um pensamento zumbidor.

Na mesma lata amornou a mamadeira, resto de leite engrossado com farinha, e abancada num cepo com a criança ao colo, à chama de uma vela que trocava as sombras de lugar, olhava outras sombras rasteiras, imóveis, os corpos adormecidos dos filhos maiores e do homem que viera morar ali e agora era o seu homem – o anterior, pai do caçula, um dia saíra para jogar minisnooker e não voltara.

Madrugada.

Apagou a vela, arredou o compensado que era a porta e saiu, aconchegando o menininho ao peito. Andou por vielas malcheirosas, espremidas entre valas de detritos, atravessou a lezíria onde jazia uma ossada de cavalo e, com os pés enlameados, foi dar numa rua de cascalho, onde havia uma placa. Ali quedou à espera, na companhia de uma mulher idosa e de um jovem que, um pouco afastado, fumava.

A velha se aproximou para ver o bebê, mas estava muito escuro.

– Riquinho... Já mamou?

– Já – disse a mulher.

– Criança sempre tem fome – e olhando para o rapaz, que se afastara mais ainda e sentara-se nos calcanhares: – Olha a magreza dele.

Um cão latiu, outros cães latiram e ouviu-se ao longe, muito longe, algo que era ou podia ser um áspero mugido. Das valas e do lameirão vinham emanações de amoníaco e matéria orgânica decomposta.

– Os velhos não têm tanta fome assim.

– É – fez a mulher.

– Mas eu, que não sou boba, tomei um bom café. Vou longe, levo uma lembrancinha pro meu neto lá em Viamão. E tu?

– Eu?

– Aonde vais com esse jesusinho?

E ao erguer a mão para colher a mantilha, colheu o vazio: a mãe dera um passo atrás.

– Eu só queria olhar...

– Ele tá dormindo, pode acordar.

A velha andou um pouco, esfregando as mãos, e disse ao rapaz:

– E tu, filhote? Vais ao centro?

– Não enche.

Ela voltou-se para a mulher:

– Viu só? Num dia como hoje! Que mundo!

A outra nada disse, a velha calou-se. Em algum lugar uma porta bateu e alguém gritou. E sobre aqueles viventes sem nome e sem história, sobre os tetos de zinco, amianto e papelão, sobre os escoadouros mefíticos, sobre a lezíria e seus miasmas fibrilantes, sobre a miséria e todos os desesperos, sobre a escuridão, reinava a lua com seu cetro de prata.

*

Desembarcaram no abrigo da Praça Parobé e logo a mulher subia uma das ladeiras que conduzem ao largo defronte à Santa Casa. Escuro ainda, quase nulo o movimento de pedestres e automóveis. Uma vitrina, granida de excremento de mosca, ainda conservava as luzes acesas e a decoração das últimas semanas: arranjos de mercadorias entre globos policromos e flocos de algodão. Ao lado, no único bar aberto naquela redondeza, a garçonete, ao balcão, contava moedinhas, e numa mesa ao fundo cabeceava sobre o copo um Papai Noel embriagado. Sob o viaduto, dormiam mendigos enrolados em mantas pardas de sujeira. A tenda de revistas estava fechada e pelas suas paredes laterais, cobertas de cartazes, escorriam gotas do suor da noite.

A mulher passou por ali e desceu a avenida. Nas esquinas, parava, olhava e tornava a andar. Adiante, parou outra vez. Um quase sorriso, era a rua onde morava a senhora tão bonita que, um dia antes, dera-lhe dinheiro e o macacãozinho azul.

Noite ainda.

Olhou em torno, vigilante, um olhar que compreendia as calçadas cinzentas, os gradeados negros de sereno, as janelas de postigos cegos, as portas ornadas de sinos e guirlandas, as extremosas e os ciprestes feericamente enlaçados de cordões de luzes e os pequenos jardins que arfavam ao derradeiro frescor da noite. A rua estava deserta. Abriu o portão e entrou. No alpendre, ajoelhando-se, deitou o filho no capacho, dobrando várias vezes a ponta da mantilha para que não viesse a rolar na laje dura. Descobriu-lhe o rosto e o beijou, murmurando palavras que alguém, se ouvisse, não compreenderia. A criança se contraiu num ligeiro espasmo, ela a ninou com um cicio e, vendo-a sossegar, levantou-se e saiu.

Não foi embora.

Permaneceu, à distância, oculta no portal de um edifício, olhos fitos no alpendre, do qual via apenas a fraca lâmpada pendurada, e dali só se moveu, aos saltos e como transtornada, para afugentar um gato que se aproximara do portão.

Ela esperava.

A lua, então, já resignara o reino vil que escondia as chagas da cidade, e grassavam já as labaredas que haveriam de mostrá-las, clareando o dia da cristandade. E ela esperava. E ela esperou. E depois de muito esperar, ao ver que se apagava a lâmpada do alpendre, ao ouvir que se abria a porta da casa e logo uma exclamação, sentou-se no degrau e seu corpo magro se sacudiu num soluço contido.

No tempo do Trio Los Panchos

Com o negócio formalizado, prazos de parte a parte estipulados, escasseavam os pretextos e mesmo assim, naquele dia chuvoso, ele voltou à ruazinha suburbana. Passou em frente da casa e andou até a esquina, sem se importar com a chuva fina que não cessava. E fez mais uma passada e parou diante da casa. O que ia dizer? Que ia tirar a medida das cortinas?

Espirrou, tornou a espirrar, molhado, e os pingos agora eram mais grossos, pesados. Abriu o portão do jardim, entrou, ouvindo o tilintar do algeroz ao redor da chaminé, a água rolando nas calhas e descendo pelos condutores. Subiu os três degraus do alpendre e deteve-se no último. Ia dizer uma bobagem, claro, não havia motivo sério que pudesse justificar tantas visitas.

Queria rever algumas coisas, disse, desculpasse o incômodo, não ia demorar, e ela o fitou, indecisa, a voz difícil: Miguel viajara, só voltava no domingo à noite.

– Eu sei, mas não queria esperar. Não gostaria.

Ela o fitava ainda, olhos muito abertos, o senhor está encharcado, e então pediu que entrasse, por favor sentasse, e mandou a criada pendurar a gabardina no vestíbulo. Cruzou as pernas no sofá defronte e o que, exatamente, ele desejava ver de novo? No joelho dela havia uma pequena arranhadura. Ver de novo? Ah, sim, o pé-direito do quarto, a janela do banheiro.

– Não se importa de esperar um pouquinho?

O sorriso era incerto, vago. Porque a criada estava arrumando, um minutinho só, não, não tem importância, espero, e olhava as pernas dela, via os pontinhos dos pelos recém-raspados e detinha-se nos pés, os dedinhos finos e compridos despontando das sandálias. Ela descruzou as pernas, reuniu os joelhos, não aceitava um cafezinho? Está esfriando e ainda essa chuva...

Sim, a chuva, ele pensou, vendo-a levantar-se, e notou que num canto da sala havia um balde, e acima, no forro de lambris, uma goteira. Já observara que a cumeeira estava em mau estado e que, assim como o telhado, outras e muitas coisas necessitavam de reparos.

Era uma casinha comum, antiga. Via-se da rua, no telhado, a fosca claraboia, a chaminé de guarda-vento, e na empena uma trapeira de arejar o sótão. Tinha um embasamento de pedras nas paredes, correndo abaixo das janelas, e nestas o arco de cantaria com fecho e saimel. Alcançava-se a porta pelo alpendre com degraus, e atrás dela o vestíbulo, a sala, dois quartos e poucas dependências mais, todas pequeninas. Não era a casa que procurava e no entanto retornara muitas vezes para olhar, marcara encontros, discutira preço, condições...

A chuva continuava. Nas vidraças, as gotas abriam translúcidos caminhos que se interrompiam na aspereza dos caixilhos. Ele olhava ao redor, via a cristaleira e sobre ela, na parede, o relógio-cuco, via um retrato amarelo no consolo da lareira, via uma estante com o Tesouro da Juventude e o Lello Universal, matérias antigas como a casa e, afinal, como os sentimentos que pareciam ressuscitar em seu coração.

Ela trouxe o café numa bandeja de azulejos, colocando-a na mesinha de centro. Enquanto ele se servia, abriu a cristaleira, pegou um maço de recortes de jornal. Por mim eu ficava nesta casa, gosto dela, do lugar, da rua.

– Estamos procurando outra maior – complementou, mostrando os anúncios.

Sentou-se novamente, tentando um sorriso que parecia sorrir para alguém ao lado dele, ou mais atrás, e ele notou que outra vez juntava os joelhos, tensa, preocupada. Não, não era essa a atmosfera que sonhara, não era nada disso. E agora a sensação de que ia espirrar, e não espirrava, só um frêmito e então agarrou os cotovelos com os braços cruzados, tinha frio.

– O senhor vai se resfriar – ela disse.

– E você insiste em me chamar de senhor – conseguiu dizer, num arranco.

Ela ruborizou, pôs-se a ler ou a fingir que lia os recortes presos por um clipe, as longas pestanas semicerradas, o peito subindo e descendo, as narinas se abrindo de leve. Entardecia. Nalgum lugar da casa uma porta bateu. Ouviu depois um bater de asas, talvez um pombo que vinha se abrigar no fuste da chaminé, ou seria que, do fuste, partia esse pombo em busca de outro abrigo. Estariam sozinhos? Ah, se pudesse entardecer ali com ela, a roda do tempo girando para trás ou mesmo parando, emperrada pela umidade daquele dia chuvoso, e ver esse dia morrer nos vidros embaciados, e ouvir a chuva no algeroz e tomar café com sonhos e jogar uma canastra até dois mil, que bom seria o amor num dia assim, tão especial, e o serão depois e os corpos lassos, a lareira consumindo cheirosos nós de pinho e longas achas de acácia, a claridade rubra das móveis labaredas e mais o vinho tinto e um velho bolero do Trio Los Panchos, o batom, não, batom não, por que o batom?

Viu novamente o retrato na lareira e levantou-se, tomou-o.

– Miguel?

Ela não respondeu, mas devia ser Miguel, o jovem Miguel, no tempo em que, como Miguel, ele também era jovem e amava perdidamente uma mulher, e havia chaminés de guarda-vento, arcos de cantaria, trapeiras, cucos, claraboias, e havia boleros e um tesouro, a juventude, e o mundo não ia além do que sabiam, no Porto, o vetusto Lello e seu irmão – era como se fosse noutro século! –, um tempo que estava morto e que podia ressuscitar, claro, que ressuscitava, mas como um detrito à deriva no rio de Heráclito, singrando a cada instante novas águas, novos rumos, outras profundidades e com diferentes gradações de vento. Ressuscitava sim, mas para morrer e continuar morrendo em cada ressurreição.

– Pode me chamar como quiser, não faz diferença – disse. – A não ser que... qualquer dia...

Ela meneou a cabeça, lentamente.

– Está bem – tornou ele, pondo o retrato no lugar.
– Vou embora.

Ela ergueu-se também. Trouxe a gabardina, levou-o até a porta, estendeu a mão. Ele a tomou e num impulso que a si mesmo surpreendeu, que era seu e ao mesmo tempo parecia ser de outro, ou de muitos outros, de todos os homens que, como ele, tinham amado no tempo do Trio Los Panchos, puxou-a com força e a beijou na boca. Ela ficou parada no alpendre, vendo-o descer os três degraus, abrir o portão, erguer a gola do capote para proteger-se da chuva fria. Mas quando ele parou adiante e olhou para trás, ela não estava mais ali.

Conto do inverno

Tarde da noite, o escritor foi despertado por ruídos incomuns à frente da pequena casa onde morava só. Da janela, viu um velho caminhão estacionado junto ao poste de luz, era dali que vinham batidas de porta, conversas, e ele ouviu também o choro de um bebê. O capô estava erguido e dois homens examinavam o motor com uma lanterna. Vestiu uma japona e foi até o alpendre perguntar o que havia.

– Queimou a bobina – disse um dos homens.

O escritor pulou a pequena grade que separava o jardim da rua. Ao aproximar-se, notou que o outro, o que segurava a lanterna, era um menino.

– Se é bobina não tem jeito.

– Pois é, vamos passar a noite aqui.

– De onde vocês vêm?

– Santa Rosa.

– Mudança? – quis saber o escritor, examinando a paupérrima mobília amontoada na carroceria.

O homem o olhou com pouca simpatia.

– Dá pra ver, não é? E essa merda vem pifar logo agora, na chegada.

– Sorte sua. Na estrada seria pior.

O homem tornou a fitá-lo, mas não disse nada, e começou a colocar no lugar os cabos de velas que estivera a testar. O escritor olhava para a carga e via entre os móveis um lençol, que se mantinha esticado pelas pontas presas.

– Tem gente aí?
– A dona da mudança. Por quê?
– Ouvi um chorinho.
– Ah, ouviu um chorinho? Nós também ouvimos.
– Bah, nesse frio...
– Qual é o problema? – e fechou o capô com um estrondo que fez estremecer a cabina.
– Se vão passar a noite no caminhão, o senhor e seu ajudante podiam trocar de lugar com ela.

O homem limpava as mãos com um pano sujo e, ao responder, olhava para o menino:

– Não acredito. O caminhão é meu e ele quer que eu durma na carroceria.
– O guri, quem sabe...
– Ele é meu filho!

Entrou na cabina, batendo a porta. Esperou que o menino subisse pelo outro lado e abriu uma fresta do vidro.

– O senhor pode conseguir uma bobina nessa hora da noite? Não, não pode. Então não fique aí enchendo o saco.

"Ele vai dormir", pensou o escritor, "como consegue?" De volta ao quarto, tirou a japona e deitou-se. Ainda que se cobrisse com dois cobertores, tiritava de frio. Pôde cochilar, decerto, ou só chegou, talvez, àquela consciência difusa que é o umbral do sono, mas estremeceu e sentou-se na cama ao ouvir novamente o choro do bebê.

Levantou-se, protegeu-se com o mesmo agasalho. Antes de sair, pegou na parede da sala uma espada enferrujada que adquirira num belchior, supostamente arrebatada de um oficial paraguaio na guerra contra López.

Pulou outra vez a grade do jardim e bateu com a espada na carroceria do caminhão. Não via ninguém, só os móveis e a alvura da barraca improvisada.

– Como está o bebê? – perguntou, alto.

Uma sombra moveu-se sob o lençol e a lâmpada do poste revelou o rosto ainda jovem de uma mulher, que se aproximou de joelhos.

– O cara de novo – era a voz do menino, na cabina.

– Puta que o pariu – era a voz do homem.

– Como está o bebê? – ele insistiu.

– Com febre, mas é pouca – disse a mulher.

– A senhora não pode dormir ao relento com uma criança que tem febre. Para onde vai sua mudança?

Antes que ela respondesse, o dono do caminhão saltou da cabina. No mesmo instante, viu a espada. Deteve-se, hesitante, por fim resmungou:

– Olhe aqui, amigo, fiz uma viagem de quatorze horas, estou no bagaço. Se não leva a mal...

– Eu levo a mal.

O homem abriu os braços e retornou à cabina, fechando a porta com novo estrondo. "O cara é louco", disse ao menino. O escritor tocou na mão da mulher, ainda ajoelhada à guarda da carroceria.

– Combine com ele a entrega da mudança, e enquanto isso tiro o carro da garagem. Vou levar a senhora, está bem?

– Está – disse ela. – Muito obrigada.

Entrou em casa num passo de general, com sua falsa espada paraguaia. Minutos depois estava de volta, com o carro. A mulher o esperava na calçada, com o bebê enrolado numa manta. Trazia também uma sacola.

– Onde vamos? – perguntou o escritor, ao dar a partida.

– Não é longe – e indicou um morro a poucos quilômetros dali.

– Esse morro é um labirinto de ruelas. A senhora conhece bem?

– Mais ou menos. Meu marido comprou uma casinha lá. É perto de onde mora minha cunhada.

– Por que seu marido não veio?

– Ele veio antes, eu fiquei pra trazer a mudança.

O bebê estava inquieto. A mulher procurou algo na sacola e não encontrou.

– Quer que acenda a luz?

E o fez. Ela ergueu a sacola para ver melhor e ele sentiu o cheiro de suas axilas. O bebê recusou a chupeta e continuou a protestar.

– É garganta?

– Tá gripadinho, não é nada. Acho que esse choro é de fome. O senhor tem horas?

– Três e meia.

– Passou da hora dele.

Viu a mulher despir e oferecer à criança um formoso seio, e constatou que uma ponta de desejo se insinuava no desprendimento do general paraguaio. Mas não apagou a luz. Na última sinaleira antes do acesso ao morro, olhou novamente, dizendo-se que o fazia para conferir se o seio realmente era benfeito. Era.

– Bonito o seu seio.

– Obrigada.

"Canalha", disse consigo, "tentando aproveitar-se da situação". E apagou a luz.

No morro, levou algum tempo para achar a rua. Grande parte daquelas encostas já era favela, outro tanto puro mato, atravessado por ruas estreitas e esburacadas, flanqueadas de valetas enormes por onde corriam as águas que vinham do topo. Num desses aclives, a mulher avisou:

– É aqui.

– Aqui onde? – perguntou o escritor, que só via o arvoredo ao redor.

– Nessa subida.

Olhou morro acima e os fachos de luz do automóvel davam-lhe a impressão ilusória de que estava à beira de um abismo. Havia mais buracos e pedras atravessadas no caminho.

– Não sei se consigo subir.

– Não precisa, é perto.

Tornou a ligar a luz interna. O bebê estava enrolado, com o rosto coberto, mas o seio da mulher continuava exposto, com seu mamilo arroxeado e úmido. O escritor percebeu que ela estava fazendo aquilo por gosto.

– Vista-se, está muito frio.

Num gesto que lhe pareceu quase infantil, ela fez que não com a cabeça. Por momentos, o escritor permaneceu imóvel, mãos ao volante, como a esquadrinhar o falso abismo da ladeira. Depois voltou-se, passou a mão nos cabelos dela, no pescoço, no colo. Depois ainda, inclinando-se, tomou o seio, ergueu-o delicadamente e o beijou. Mas logo se afastou. Desembarcou, contornou o carro e abriu a outra porta.

– Obrigada – disse ela, descendo, e antes de ir-se ofereceu-lhe a mão. – O senhor é um homem bom.

Tinha certeza de que aquela noite gelada poderia terminar com outra temperatura, mas assim estava melhor, era uma atitude mais elegante, mais nobre, de acordo, afinal, com o tempo em que os homens usavam espadas para defender suas damas. "Boa história", pensou, contente, enquanto manobrava para retornar e via a mulher subindo laboriosamente a rampa. Meu *winter's tale*, disse em voz alta. E logo um pensamento desagradável: talvez tivesse desconfiado, desde o início, de que aquilo era um conto. Nesse caso, era quase certo que estivera a representar. Era espantoso como os escritores, às vezes, podiam ser interesseiros, e no fundo, bem no fundo, tão ou mais cruéis do que um dono de caminhão como o que conhecera naquela madrugada.

– Que coisa – murmurou.

Embora menos alegre, compreendeu que tinha encontrado também o fim da história.

Saloon

Para Homero Magajevski

— Bola quatro ao meio – disse o velho.

Um homem entrava no bar e parou, ficou olhando. A bola bateu no bico da caçapa, não caiu e o velho se queixou:

– Não é meu dia.

O recém-chegado sentou-se a uma mesinha de canto e chamou o garçom. Era moço ainda, moreno-claro, traços indiáticos. Vestia calça de brim azul, tênis e um colete preto sobre a camisa branca, arremangada. Trazia a barba por fazer e presos os longos cabelos pretos numa fita que, desde muitas luas, não gozava dos benefícios da água.

O garçom trouxe a bebida, o homem observava o jogo, em que se enfrentavam um mulato retaco e o velho de tez azeitonada que perdera a bola quatro. O mulato dava vantagem e vencia. Era bom jogador, ao passo que o velho, sobre aparentar nervosismo, era aquilo que, nas rodas de sinuca, chamam *pangaré*.

A certa altura, qualquer aficionado teria percebido que o mulato, deliberadamente, começou a jogar mal. Derrotado, propôs dobrar a parada. E logo tornou a ganhar. Teria percebido também, pelo diálogo dos olhos, que três ou quatro indivíduos à volta da mesa eram comparsas do ganhador.

Mais de hora se passava quando o velho, errando uma bola seis que o outro lhe facilitara, desanimou e sentou-se, cabisbaixo, taco entre os joelhos. O mulato, quase irritado com tanta ruindade, matou a bola cor-de-rosa com um tiro seco ao meio e fechou a partida com duas pretas na mesma caçapa, ao fundo.

– Venha – exigiu, fazendo sinal com os dedos.

– Tá na caçapa.

– Não tá, não. Venha.

O homem do rabo de cavalo olhava placidamente para o velho, decerto também vira que nenhuma cédula fora colocada na caçapa, como até então vinham fazendo e é o que se impõe num jogo a valer. A aposta, ainda que dobrada, era irrisória, mas o velho meneava a cabeça e não dizia nada. O mulato agarrou-o pelo braço, sacudindo-o, e a resposta veio num fio de voz:

– Perdi tudo...

– Até a vergonha – rosnou o mulato.

E aplicou-lhe um joelhaço na coxa.

– Calma, Gorila – disse o dono do bar, atrás do balcão.

O velho, mancando, foi guardar o taco na taqueira, e o garçom, que ouvira a conversa, foi atrás.

– A despesa, amizade.

– Amanhã eu...

– Amanhã? Tá sonhando? Amanhã é pó de traque – e mostrou-lhe um papel com uns rabiscos.

Antes que o velho dissesse qualquer coisa, o homem do rabo de cavalo estalou os dedos e indicou o próprio peito.

– Deus é grande – disse o garçom –, o prejuízo mudou de bolso.

O velho olhou em torno, como querendo identificar seu benfeitor, e rapidamente se retirou. Gorila e seus amigos se olharam.

– Bonito gesto – disse Gorila, arrastando uma cadeira para a mesa do desconhecido. – Me acompanha numa cervejinha?

– Não bebo.

O mulato pegou o copo e provou:

– Arre! Guaraná! É promessa?

– Questão de gosto.

O garçom esperava. O homem desembolsou uma carteira estofada, que todos viram, mas ao abri-la protegeu-a com o corpo. Pagou a conta do velho e o guaraná.

– Valeu, comandante – disse o garçom.

– Traz uma, Alemão – disse Gorila. – Tô simpatizando contigo, cabeludo. Não vai me dizer que também faz rolar uma bolinha...

– Às vezes.

– Olha aí, gente, o cabeludo diz que rola uma bolinha *às vezes*. A modéstia dele! Garanto que é um campeão!

A parceria achou graça.

– Dos bons, quem tu já viu jogar? O Boneco? O Tuzinho? – tornou, obtendo como resposta um gesto vago. – Confessa, cabeludo, tu é do ramo – e deu-lhe um tapinha nas costas.

O homem retesou-se, o mulato não percebeu e continuou:

– Já te vi em algum lugar. No *Check-Point*? No *Julius*?

– Pode ser – disse o outro, levantando-se.

– Ué, já vai? – e o mulato abriu os braços, como condoído. – E vai assim, sem fazer pra galera uma demonstração da tua catega?

– Uma partida só eu posso jogar, se faz questão.

– Uma só? Que egoísmo, cabeludo! Vá lá, uma só, pra refrescar o saco – e foi colocar as bolas em seus pontos.

O homem escolheu um taco na taqueira. Antes de sortearem a saída, Gorila espalmou a mão no pano.

– Vale uma cervejinha? Pra ter graça.

– Pra ter graça, uma cervejinha é pouco.

– Ora, ora, ora – riu-se Gorila, e com um gesto de quem se rende estipulou um valor maior. – Tá bom assim?

– Mixaria.

O sorriso apagou-se no rosto do mulato e entre ele e os comparsas houve uma troca de olhares que, por certo, valia muitas frases.

– Quanto te agrada?

O outro quintuplicou a aposta e repetiu: "Pra ter graça".

– Numa partida só? Que é isso, cabeludo? Olha que eu te conheço, eu sinto que te conheço!

E sentou-se. Encostado na mesa, o homem o olhava, impassível.

– Olha o índio tripudiando – disse um dos comparsas.

– Eu conheço esse cara... Porra, cabeludo, eu te conheço!

O homem pôs-se a taquear sem direção, contra as tabelas.

– Alguém mais quer jogar? Uma partida só e dou sete pontos.

– Pra mim também? – quis saber o Gorila, num tom de quem se exclui.

– Não. Pra ti... te dou dez.

– O índio é galo – disse um baixinho de boné virado, que bebia debruçado no balcão.

Gorila levantou-se, pálido.

– Olha aqui, figurinha...

– Devagar, Gorila – advertiu o dono do bar, com impaciência.

– Devagar? O cara tá querendo me humilhar!

– Tá com medo, Gorila? – de novo o baixinho.

– Medo? Eu? Não viram o que eu fiz com aquele velho de merda, que também cantou de galo? Saiu depenado. Eu tenho história, tá sabendo? Arruma as bolas!

– Arruma tu – disse o homem.

Houve um momento de indecisão, mas o garçom, solicitamente, fez com que as bolas tornassem aos seus pontos. Sorteada a saída, esta tocou para o mulato. Ambos colocaram as cédulas na caçapa do meio e as do Gorila, amarrotadas, eram aquelas que ganhara do velho e muitas outras que teve de juntar.

– Mas que te conheço, te conheço – resmungou, enquanto passava giz no taco. – Como é teu nome?

– Nome não vale ponto – disse o outro, sem olhá-lo.

– Essa eu quero ver – disse o dono do bar.

Gorila deu a saída, deixando a bola vermelha encostada na tabela oposta, ao fundo, e a bola branca quase atrás da sete. A vermelha não estava descoberta e ouviu-se um zunzum quando o homem, ao invés de optar por nova saída, cantou sua jogada:

– Bola seis ao meio.

A bola cor-de-rosa caiu limpa na caçapa onde estava o dinheiro, e a branca, seguindo em frente, roçou na tabela lateral e, passando por trás da amarela, foi repicar na vermelha, desencostando-a da tabela do fundo.

– Puta que o pariu! – murmurou o baixinho.

– Bola ás ao fundo – disse o homem.

Encaçapou a vermelha, duas vezes a marrom, encaçapou a amarela, outras duas vezes a marrom, encaçapou a verde e logo a marrom mais duas vezes. Com uma puxeta levou a bola branca para o meio da mesa e ali, depois de um tiro seco na bola azul, preparava-se para jogá-la novamente quando Gorila praguejou. O homem ergueu-se, passou giz no taco, mas não disse nada. Deu outro tiro seco na bola azul, fazendo com que a branca retrocedesse e, dando na tabela, rodasse vagarosamente até a vizinhança da cor-de-rosa. Não era preciso jogá-la. Partida encerrada.

Gorila, que acompanhara as últimas manobras da bola branca sentado entre os amigos, encostou o taco na parede e ergueu-se.

– Tu não presta, cabeludo, teu lugar não é aqui. Aqui só tem gente honesta e tu é gatuno.

O outro fez que não ouviu e pegou o dinheiro na caçapa. Gorila se aproximava, com dois de seus parceiros.

– Ah, não vai levar.

Mais um passo e viu uma faca encostada em seu umbigo.

– Quieto – disse o homem. – Não quero te machucar.

– Ô Gorila, ele ganhou na lei do jogo – era o dono do bar.

O mulato respirava forte, olhando para a faca, os parceiros imóveis, atrás dele. Em meio ao inusitado silêncio do bar, ouviram-se pela primeira vez os ruídos da cozinha.

– Agora vou sair – disse o homem, calmamente. – Não quero furar ninguém, certo? Mas se tiver que furar, eu furo.

Recuou dois passos e, sem descuidar-se do mulato, encaminhou-se para a porta. Na calçada, guardou a faca sob o colete e olhou para trás. Não vinha ninguém e ele apurou o passo. Dobrou a esquina e, no meio da quadra, entrou numa lanchonete. O velho de tez azeitonada estava sentado ao balcão.

– Pai.

O velho voltou-se.

– E aí? Deu certo?

O homem meteu o maço de cédulas no bolso do velho.

– Hoje deu.

– Isso é o que vale. Vamos comer uma pizza.

– E aquele joelhaço?

– Tá doendo um pouco. Foda-se.

O segundo homem

Como era possível que a lembrança a afetasse ao ponto de lhe governar pensamentos? Pressionava os olhos com o polegar e o indicador, a palma da mão cobrindo a boca, e pensava ainda e tornava a pensar, a compor imagens – as mãos, a boca, aqueles olhos ávidos –, e quando o sono pesava nas pálpebras, estremecia e o perdia. Mais uma vez mudou de posição, cuidando para não despertar o marido. Coitado. Fiscal de uma empresa de transporte coletivo, passava o dia em pé e precisava repousar as pernas roliças, vermelhas.

Entre as fasquias da veneziana viu, com desagrado, os primeiros alvores da manhã. Não dormira senão raros minutos e logo teria de levantar, preparar o café e, como sempre, seguir para o trabalho.

Como sempre, não.

E a lembrança?

Para completar, a cena da véspera, no escritório, não era só memória, antes um enclave em seu corpo, um formigamento que começava nos dedinhos do pé e ia subindo pelas pernas, ia pungindo como patas aceradas de centenas de aranhas e continuava a pungir ao lhe alcançar o já túmido, dolorido sexo. Não, não queria pensar, mas pensava ainda e tornava a pensar e lentamente, hesitando, como prestes a furtar de si mesma um bem precioso, escorregou a mão para dentro da calcinha. Recolheu-a úmida, e a fragrância tanto a embriagou que achou que ia desfalecer.

Ouviu o marido suspirar, mover-se, e o movimento dele pronto lhe afastou o olfato daquele crisol de tormento e êxtase.

– Que horas são?

Não respondeu. Ao perceber que ele levantava, fingiu despertar também. Sob a coberta, esfregou a mão na camiseta.

– Te acordei? – ele de novo. – Vê as horas.

A lâmpada na mesinha iluminou o ramerrão de todas as manhãs – um de cada vez no banheiro, sem se olhar e trocando cheiros, e o que ela sentiu, misto de tabaco e suor, era tão familiar quanto detestável. Ao espelho, ela viu um rosto ligeiramente inchado, as olheiras da vigília, e ao perceber a protuberância dos mamilos na camiseta, mordeu o lábio, meu Deus, o que aquele patife fez comigo?

À mesa, o marido esperava o café em silêncio, imóvel, como já concentrado nos incômodos que teria em sua fiscalização. Na cozinha, ela derrubou uma xícara. O homem a espiou por cima do ombro.

– Dormiste bem?

– Dormi.

– Te mexeste muito.

– Pode ser, mas dormi.

Ela o serviu. Parte do leite derramou no pires.

– Já limpo – apressou-se em dizer.

Ele fez que não, olhando-a, e colocou um guardanapo de papel sob a xícara. Pronto, disse, e tu, não vais tomar nada?

– Não estou com vontade – mentiu, e a vontade que lhe faltava era a de sentar-se diante dele. – Vou terminar de me arrumar.

Pouco antes das oito, ele a deixou na frente do edifício em cujo terceiro piso funcionava o escritório de advocacia. Só voltariam a ver-se ao anoitecer.

*

Ia para dois anos o casamento. Residiam em bairro periférico, no pequeno apartamento que ela adquirira, financiado, quando ainda era solteira. Não tinham filhos, havia um tácito entendimento de que era algo para mais tarde, quando pudessem trocar o apartamento por uma casa. No sábado, costumavam ir ao cinema no *shopping*. A cada dois meses visitavam os pais dela no interior, na volta traziam laranjas, bergamotas, abóboras, melões, do pomar do sítio em que ela se criara. Os dias se alternavam sossegados e iguais, com exceção daquele que, na lembrança dela, reduzia-se a uma noite: no primeiro aniversário de casamento, atiçado por amigos da empresa, ele a levara a um motel e viram um filme. Era a história de uma mulher que se entregava a dois homens ao mesmo tempo, um deles o marido. No início ela se encolhera, acanhada, depois começara a gostar, a se exaltar, e tanto cedera à lubricidade que, se ele a fruíra, também se inquietara. Em casa, comentara que tinha sido um erro dar ouvidos àqueles safados, imagina, festejar desse jeito uma data tão bonita. E pior: alimentar o desejo com indecências.

Durante algum tempo, em muitas noites, sua fantasia tentara recobrar a lascívia daquela noite. Quando não iam ao *shopping*, e o marido, no devedê da sala, reverenciava os tiros e os murros do mocinho no longínquo Oeste, ela encostava o rosto no ombro dele, afagava-lhe a coxa, o regaço. Ele segurava a mão dela: "Espera, já vai terminar". E se mais tarde ele de fato correspondia, tinha de ser na cama, nunca no sofá, nunca no chão. Beijava-a, entrava nela e depois se erguia, a perguntar se acaso não sujara o lençol. "Me alcança a toalha", ela suspirava, e o sono sepultava seu desencanto. Pouco a pouco a comemoração do aniversário foi migrando para um furtivo recanto de sua memória, sitiado pelas comodidades do dia a dia – a muralha da ordem e da candidez que tinha resistido até a véspera.

A véspera!

Aquele degenerado ontem, império da desordem, quando passara a tarde sozinha no escritório, sem trabalhar e quase sufocada pelo turbilhão que a perseguiria noite adentro.

*

Uma fila no elevador e ela foi pela escada ao terceiro piso. Abriu o escritório e recém ocupara sua mesa, na sala de espera, quando o homem entrou.

– Bom dia.

Olhos baixos, não retribuiu o cumprimento. Bom dia? Era o que tinha a dizer? Bom dia? E para sua surpresa ele nada mais disse e passou à sala maior. Como se nada tivesse acontecido e não lhe devesse um pedido de desculpas.

Ligou o computador para imprimir a agenda que em seguida ele pediria. Havia uma consulta marcada para as dez horas – à tarde, o advogado comparecia às audiências no foro. Também devia digitar e imprimir petições que ele rascunhara no bloco de papel-jornal com a letrinha cheia de pontas: pareciam espetá-la, como as patinhas das aranhas noturnas. Enquanto o fazia, pensava com ódio naquele bruto que se valia de sua posição para proceder com tanto atrevimento. Pedido de desculpas? Nem um olhar de remorso, de compaixão. Era tão fácil assim espremê-la contra a parede e, apesar de seus protestos, de seu empenho para libertar-se, erguer-lhe a saia como a uma rameira? Se de algo se arrependia era de não ter contado ao marido na hora do café, quando ele quisera conversar sobre sua inquietação à noite. Por que silenciara? Para não criar um caso entre homens, que podia terminar mal. Sim, mas... por que voltara ao trabalho? Nem precisava contar nada em casa, bastava dizer que fora demitida e sair à procura de outro emprego. Ora, ela também procedia como se nada tivesse acontecido. Ou mais: como se aquilo devesse ter acontecido. Não era *naquilo* que estivera a pensar à tarde e também à noite, na insone madrugada? Nos beijos que, não podendo alcançar sua boca, o homem lhe dera no pescoço, no ombro, e durante o embate até na nuca? Nas mãos dele, que lhe apalparam as coxas, as nádegas, o sexo?

Ódio?

Não era ódio o que sentia.

Seus dedos moviam-se nervosamente no teclado, mas o que parecia ver no monitor era o filme do motel. E a mulher era ela. Os homens, o advogado e o marido.

– Traga a agenda – ouviu pelo interfone.

Apanhou a folha e, ao levantar-se, as pernas fraquejaram, precisou apoiar-se na mesa em seus primeiros passos. Entregou o papel e ficou parada à frente da grande escrivaninha. Era alta, magra, de traços delicados, a tez de um branco lívido, cabelos curtos como o de um rapaz.

O homem a olhou:

– Algo mais?

– Não, nada – e fez menção de retirar-se.

– Espera, vem cá.

Voltou-se, rubra. Ele já estava em pé.

– Nada! – quase um grito, e retornou à sala de espera.

Pouco depois chegou o cliente, um chinês, ela o fez passar e voltou à mesa. Abriu a foto do marido no computador, quis pensar nele e nas recordações mais caras que nutria do casamento, buscando em si nesgas de doméstica ternura, mas, por mais que o quisesse, já não era assim que o via. Via-o antes como a um estranho que, numa casa de pensão, morasse no quarto ao lado e um dia tivesse deixado a porta aberta para provocá-la com sua nudez. Como se ela pudesse fruir só a amostra, não o uso.

A consulta demorava, um tempo perturbador que lhe estuava na pele sensível e eriçada, nos mamilos salientes, nas pernas trêmulas que teimavam em se afastar uma da outra. Que a empurrava para baixo num mergulho vertiginoso, sem que soubesse onde e quando terminariam aquele abismo e sua voragem. Mas como não saber? Como ignorar algo tão presente e tão intenso em seu próprio corpo? Sabia, sim, e como sabia: lá no fundo, como uma garganta aberta, a fome pecaminosa que a arrebatava. Sabia também que, se não havia como parar, muito menos poderia voltar. E sabia, sobretudo – já o soubera durante a longa noite –, que não queria parar nem queria voltar.

Quando o chinês foi embora, o homem veio até a mesa dela e lhe estendeu a mão:

– Vens ou não?

Mesmo que ele nada dissesse, iria.

E foi.

E deixou-se abraçar, manusear em todos os atributos da pele, despiu-se, ofereceu-se sem nenhum pudor e, no carpete, fez com o homem tudo o que o homem quis e tudo o que ela vira no filme do motel, até que, saciada como nunca, sem forças, viu-o levantar-se, ir ao banheiro, voltar, vestir-se e abaixar-se para beijá-la nos lábios entreabertos, cujas comissuras se emaranhavam numa teia de esperma.

– Até amanhã – ele disse.

Ouviu a porta bater.

Não se moveu.

Um bocejo e não ouviu mais nada.

Dançar tango em Porto Alegre

Carregava pouca roupa na valise. Duas camisas, uma calça grossa, meias e cuecas que me envergonhavam quando precisava pendurá-las para secar. Era, enfim, a roupa que eu tinha, mais a do corpo e o casaco listrado que trazia nos ombros, prevenindo o frio da madrugada. Um casaco antigo, resistente, comprara-o em certa ocasião para procurar emprego em Porto Alegre. Ele durava, mas os empregos... As pessoas costumavam me demitir como contristadas: "O senhor trabalha devagar e é muito distraído" ou "O senhor se esquece demais de suas obrigações". Era engraçado que, depois de tantos anos, estivesse retornando à capital para tentar novo emprego e vestisse o mesmíssimo casaco. Mudava o mundo, minha roupa não.

Quase duas horas e o trem atravessava a noite escura, uma viagem sem fim, Uruguaiana a Porto Alegre era como a volta ao mundo. Noite úmida, fria, o vidro da janela se embaciava e eu me distraía imaginando como seria, numa noite assim, ver do campo o trem passar. Devia causar algum assombro a cobra de ferro, luminosa, vomitando na treva o seu clamor de bielas rugidoras. Tinha vontade de erguer o vidro, espiar o tênder e a locomotiva numa curva da estrada, lembrança do tempo em que, menino, me debruçava no perigo para fruir a pressão do vento e investigar o trajeto das fagulhas. Mas não convinha. Havia crianças no vagão, pessoas idosas, e eu também não era jovem.

Me aborrecia com aquela ideia, os achaques de um homem maduro, quando a passageira ao lado advertiu:

– O senhor vai acabar queimando meu vestido.

Movi tão depressa o braço que o cigarro me escapou da mão e, infortunadamente, foi cair em seu regaço. Na tentativa de salvar-lhe a roupa meu desempenho não foi melhor.

– Quer ter a bondade de tirar as mãos?

Passageiros mais próximos nos olharam e um deles sacudiu a cabeça, decerto pensando que eu tinha desacatado a moça.

Distante daqueles problemas pequeninos, o maquinista tocava seu trem. Meia hora até Santa Maria, no corredor um funcionário recolhia os bilhetes dos que iam descer. Observei minha companheira. Ela embarcara em Cacequi e desde lá quase não se movera. Agora estava outra vez imóvel, olhar perdido no vazio. Sua aparente melancolia estimulava minhas veleidades de bom samaritano, mas me continha, evitando dirigir-lhe a palavra. Tristeza por tristeza já bastavam as minhas de homem só.

E foi ela, afinal, quem recomeçou.

– Eu sei que o senhor não fez por mal.

– Oh, não se preocupe.

Mas ela se preocupava, insistia em desculpar-se. O vagão sacolejava, de vez em quando lhe caía nos olhos uma mecha de cabelo, que afastava com alguma negligência. Era uma jovem senhora de modos esquisitos. Tão quieta, longínqua, e no entanto, ao falar, parecia conter-se. Gesticulava lentamente, como sem vontade, mas um gesto perdido não raro se completava com um movimento brusco, imprevisto, deixando o interlocutor hesitante entre pensá-la nervosa ou apenas absorta. Magra, um pouco mais do que deveria, mas se quisesse seria bem bonita, era só despertar, dando mais vida àqueles olhos de um castanho profundo.

Com um apito prolongado e o repique da sineta o trem se anunciou à estação de Santa Maria. Luzes, homens andando apressados pela gare, já freava o trem e crescia na plataforma o burburinho, multidões que fluíam e refluíam como sem destino, e no meio delas, como mortos em pé, como estátuas de exaustiva eternidade, aquelas indefectíveis criaturas paradas, olhando o trem, que sempre me intrigavam. Me perguntava se estariam partindo ou esperando alguém, talvez chegando, talvez admirando o trem, eu as contemplava e me perguntava que sonhos, angústias, tormentos, não se ocultavam naqueles corações imperscrutáveis.

Alheia ao movimento, às misteriosas questões da vida e da morte suscitadas pelas estações, minha companheira nem ao menos olhava para fora.

– Acho que vou descer um pouco – disse-lhe.

Afastou as pernas, notei-lhe os joelhos redondos, as pernas bem torneadas.

– Quer que lhe traga alguma coisa? Uma revista?

Me olhou, era a primeira vez que o fazia mais longamente. Disse que ia sair também e descemos juntos.

Estação de Santa Maria, encruzilhada de trens, de antigas baldeações para as cidades da serra, da campanha, com seu cheiro de carvão e de fumaça, comida quente, ferro e pedregulho, e os vendedores de confeitos e maçãs argentinas, e os revisteiros oferecendo exemplares de O Cruzeiro, A Cigarra, Grande Hotel, e os bilheteiros de loteria anunciando o 13, o 17, o 44, com uma pressa cheia de ansiedade... Estação de Santa Maria, festa urgente, provisória, quase trágica, era em Santa Maria que as locomotivas prendiam ou desprendiam seus engates, que os vagões se separavam, que as composições partiam nas sombras da noite com suspiros de fumo e soluços de bielas, era em Santa Maria que pessoas vindas de longe se encontravam, também ali se separavam, ou que se viam pela primeira vez e nunca mais. Estação de Santa Maria, encruzilhada de trens, ah, quisera eu que em Santa Maria pudesse encontrar alguém que também estivesse à procura de alguém, e se a ninguém me fosse dado encontrar, que ao menos me encontrasse a mim mesmo, perdido que andava na pradaria sem carril da minha alma atormentada.

Levei-a ao restaurante da estação, onde nos serviram café quente e sanduíches. Fiz algumas observações a respeito do frio, da geada, do mau estado dos trens, ela me ouvia sem atenção, apenas assentindo ou murmurando qualquer coisa inexpressiva. No outro lado do salão, encarapitado numa escada bamba, um garçom colava esparadrapo nas frestas das janelas.

– Aposto que ele vai escorregar.

Mas o homem se equilibrava e ela logo se desinteressou. Que chato, eu pensava, me sentindo um estranho no umbral de seu mundo ensimesmado. Ah, e não era novidade eu notar que alguém não apreciava minha companhia. Eu também era um pouco "difícil". Gostava das pessoas, mas para que me aproximasse delas, me expusesse e as aceitasse lisamente, era preciso que de algum modo tivesse de ajudá-las. Quando não era o caso, ou não tinha ocasião de fazê-lo, me surpreendia como sem função, não sabia do que falar e me tornava superficial, cerimonioso.

Disse-lhe que ia voltar para o vagão.

– Espere – disse ela, como despertando.

Fitava-me, inquieta, tocou na minha mão.

– Estou pedindo para o senhor ficar e nem sei se o senhor, se tu... simpatizaste comigo.

– Eu? – murmurei, atônito.

– Ainda não simpatizo contigo, mas... não deve ser difícil, é só a gente conversar um pouco.

O tom era incerto, dúbio, estaria brincando? Tropeçando nas palavras, disse-lhe que aquilo de simpatizar ou não, realmente, era algo importante, mas que me confundia tratar do assunto com tamanha objetividade.

– São as circunstâncias...

– Que circunstâncias?

– Ah, não me pergunta isso agora.

Acendi um cigarro e logo o apaguei, para que não me visse a mão trêmula.

– Como é teu nome?

– Jane.

– Em princípio simpatizo contigo e... não, desculpa, não era isso que eu queria dizer.

Ela sorriu.

– A gente viaja no mesmo trem, é uma viagem tão longa, cansativa, não é preciso dizer muita coisa.

Seus olhos postos nos meus, não, não era preciso dizer mais nada e no entanto eu me assombrava. Quis tomar-lhe a mão, ela a recolheu.

– Aqui não.

Quando retornávamos, pediu:

– Fala com o Chefe de Trem, sempre há cabinas desocupadas.

Talvez se tratasse de uma mulher que, em viagem, desejava divertir-se, mas a questão era justamente essa: não dava a impressão de que o divertimento fosse o seu objetivo. Que pretendia de mim? Que circunstâncias eram aquelas que mencionara com uma ponta de impaciência? Eu estava com medo. Ter medo do desconhecido era outra marca da minha idade madura e eu costumava me demorar em sondagens e meditações antes de me decidir por qualquer coisa.

Procurei o Chefe de Trem, por certo, mas longe de me regozijar com a promessa de uma noite de prazer, inquietava-me a sensação do passo no escuro.

No compartimento havia dois beliches e a pia com um espelho. Coloquei nossas maletas sob a cama e, a seu pedido, baixei a cortina da janela. Ela experimentou a torneira.

– Não tem água.

– Nunca tem.

Mas a luz de cabeceira funcionava.

– Essa acendeu.

– Menos mal.

Ia verificar a outra, junto ao espelho, ela me tomou da mão e a sua estava úmida.

– Me ajuda – murmurou.

Ajudá-la? Em que sentido? O trem punha-se em movimento e me deixei ficar com ela em pé, contra a parede, querendo que sentisse que podia desejá-la.

– Vem.

Sentou comigo, e quando a abracei novamente deixou escapar um soluço. Ocultou o rosto nas mãos e, que surpresa, chorava.

– Que houve? Fiz alguma coisa errada?

Olhava-a, pensando que a situação era nova. Da enigmática companheira de banco não restava um vestígio e em seu lugar havia uma mulher com problemas que, pelo visto, em breve me contaria. De algum modo me sentia mais à vontade.

– Que espécie de ajuda esperas de mim?

Enxugou as lágrimas com o dorso da mão, pediu um cigarro.

– Se preferes – tornei –, podemos voltar para o vagão.

– Não, não quero.

O trem diminuiu a marcha, parecia que ia parar. Dois apitos e reacelerou. Por baixo de nós, o bater das rodas nas emendas dos trilhos. Recém deixáramos Santa

Maria, eram quatro horas, havia muito chão pela frente, muita escuridão antes que o primeiro albor viesse clarear nossa janela.

Acariciei suas mãos entre as minhas, com remorso por ter estado a receá-la. Era como se me inquietasse com estalidos da folhagem e, espiando, desse com uma pobre coelhinha assustada. E depois, quando começou a falar, positivamente, suas dificuldades não eram pequenas. Questões de vida e de morte, era natural que não as intuísse ao redor de si, pois já as trazia dentro do peito. O marido enfermo em Porto Alegre, suas entranhas mastigadas num processo irreversível, havia semana que o visitara, encontrando-o tão consumido que dava menos pena do que horror. Sempre o amara muito, mas agora não sabia o que sentia. Sentia, sim, um aperto no coração, e estava desesperada.

– É uma tortura a gente saber que vai perder alguém, ter essa certeza. Podes me ajudar – e me beijou no rosto, um beijo sôfrego e molhado. – Quero esquecer meu marido, a doença, meu filho, o dinheiro, tudo. Quero uma noite diferente.

Fazia muito frio e a janela da cabina deixava entrar um fio de vento.

– Está bem – eu disse –, vamos tentar.

Outra vez o trem diminuiu a marcha, apitou, mas não reacelerou. Foi parando devagar, as rodas ringindo no ferro e os vagões tironeando, deu mais um apito e, finalmente, imobilizou-se.

Deitados lado a lado, quietos, nós esperávamos, decerto, pelo movimento do trem, e quando ele deu novo sinal e aquele solavanco de partida, foi uma surpresa: recuava. Mas parou em seguida e lá na frente a máquina foi desligada. Fez-se um silêncio súbito, povoado de pequenos ruídos. Algumas vozes chegavam até nós, de longe, e mais audíveis os rumores do carro-restaurante. Um grilo tenaz do lado de fora e uma sombra passou por ali, carregando uma lanterna.

– Que aconteceu?

Afastei a cortina. À frente, à esquerda da linha, lucarnas de uma moradia desfiavam débeis fímbrias de luz na escuridão. E luzes ainda, adiante, sobre os trilhos: dois, três candeeiros, homens abaixados inspecionavam os dormentes.

– Consertam a linha.

Por algum tempo acompanhei a movimentação dos homens, mas é certo que não os via, ah, que hora para me assaltarem as recordações. Do poço da memória resgatava velhos e usados encantamentos, um passado remoto que continuava vivo. Uma roda de tílburi, pedaços de uma ária esquecida, uns olhos castanhos, um seio pequenino na concha da mão, fragmentos fugazes como o canto do grilo ao pé do trem, aquilo teria realmente existido ou eram fantasias consagradas pela solidão?

Começamos devagar, desajeitados, não é fácil de se amar quando o amor é eleito para remediar. Pouco a pouco nossos beijos foram tomando gosto. E a pressão macia do seu corpo no meu, e o regaço movediço procurando meu sexo, parecia outra fantasia, mas não, aquela mulher que queria ser possuída era algo bem atual e bem concreto. Desejava-a, por certo, mas ao meu desejo, para quebrantá-lo, aderia uma mistura de bondade e susto, impulsos contraditórios que me estimulavam mais a aconchegá-la, a niná-la, do que a enterrar-lhe um músculo às entranhas. Eu fracassava e Jane percebeu. Sentou-se e me olhou, entre curiosa e aborrecida. Sem demora me desabotoou, pôs-se a examinar meu sexo à luz mortiça do beliche. Acariciava-o com gestos delicados, minuciosos, fixada de tal modo numa pele dobrada ou num feixe de vasos que me sentia como um terceiro e um intruso naquele colóquio de sensual introspecção. Minha sexualidade, porém, só se libertou com um pensamento pulha: se não a satisfizesse, procuraria outro que o faria sem nenhum pudor, talvez o Chefe de Trem, que andava batendo às portas, talvez o camareiro do carro-leito, que a olhara com um ricto obsceno. E imaginei aqueles homens sobre ela, penetrando-a com gana, e aquela Jane, que a mim se oferecia tão sofredora, a suspirar de prazer tendo entre as pernas um fauno estúpido. E já me instigava outra imagem perturbadora: sua boca de lábios grossos tão próxima do membro em crescimento e meio deformado, quase brutal à sua face algo tristonha.

Movia-se de novo o trem e então ela começou a me masturbar, vagarosa e compassadamente, e enquanto o fazia usou a língua, de início com timidez, como tateando, mas também se comprazia e logo me masturbava com maior vigor, tornando mais demoradas as lambidas.

– Não te conheço, não sei quem és – murmurou, e parecia que falava consigo mesma –, e no entanto estou te acariciando, te lambendo, querendo te chupar...

E no meu primeiro arquejo, naquela queda livre que é a aproximação do orgasmo, só então me abocanhou, me sugou, e estremeceu ao receber a golfada do meu gozo.

Foi preciso que me sentasse, depois de largo tempo, foi preciso que lhe empurrasse suavemente o rosto para que abandonasse meu sexo dolorido e murcho. Tinha engolido o esperma e parecia dormitar, a cabeça pousada em meu regaço, os lábios entreabertos e num lambuzo só, atravessados de cabelos.

– Jane.

– Não fala.

Afaguei-lhe o rosto, uma ternura misteriosa me unia àquela mulher.

– Às vezes penso que minha vida é um sonho – disse ela –, e que nada disso que acontece é verdade. Não sei explicar direito, parece que quem está aqui no trem, fazendo isso contigo, não sou eu mesma, é outra pessoa, outra Jane, e a verdadeira fica de fora, apenas assistindo.

Nada comentei, ela me olhou.

– Não quer ouvir?

– Quero sim, continua.

Mas não continuou. Abraçou minha coxa, encolheu-se, tentava acomodar-se na cama estreita.

– Quer um cigarro?

– Não.

– Acho que vou fumar um pouco.

– Não, agora não, por favor.

O trem andando, balançando, o ruído das rodas nos trilhos e o calor dos nossos corpos, um cansaço de animal saciado, era bom, era uma entrega, era o portal do sono. Mas o sonho foi um pesadelo. Havia uma grande cratera num monte, na qual se formava uma bolha visguenta. Eu do lado de fora, assistindo seu desmesurado crescimento, e outro *eu* também lá estava, do lado de dentro, envolvido pela bolha. Quando ela explodiu, espargindo coágulos de sangue e num derrame de trastes malcheirosos, aquele eu encurralado voltou a mergulhar nos abismos da cratera, até retornar à superfície noutra bolha. Vem, eu gritava e dava-lhe a mão, ele se encolhia, receoso, e escolhia permanecer em sua morada estranha.

Quando despertei, Jane se despia e me despi também. Voltara-se para a parede e eu olhava seu corpo nu, alvíssimo e benfeito, as pernas roliças, as nádegas firmes e arrebitadas, a cintura fina, as costas lisas com um pequeno sinal no ombro, de onde pendia um cabelo solitário.

– Estou com frio.

Beijei-a na nuca, nas costas, apalpei-lhe as nádegas muito juntas. Ao contato da minha mão ela relaxou, expondo-se. Vendo-a assim, de bruços, pernas entreabertas e se oferecendo, um desejo selvagem se apossou de mim. Nem pensar em me comover com seu desespero, ela estava me pondo maluco com aquele propósito de dar-se em nome de um sofrimento. Comecei a penetrá-la. Gemeu, mas ainda assim tentava me ajudar, esgarçando-se. Como se quisesse sofrer mais. Tal dose de prazer, tal dose de castigo, uma justiça insana que eu fingia ignorar. Suas nádegas nas minhas virilhas, o calor e a pressão de seu reto, um novo orgasmo estava vindo e foi então que uma parte minha se rebelou. Não, disse comigo, não serei o seu algoz.

– Te vira – pedi.

– Não, não quero.

Recuei, saí de dentro dela.

– Te vira – insisti, agarrando-a pelos ombros.

Tentou livrar-se das minhas mãos, choramingou.

– Não, por favor, estás me machucando.

Era surpreendente a energia que empregava para libertar-se e era quase uma insensatez, mas como pedir coerência a uma mulher em fuga, debatendo-se entre desejo e culpa? Com uma violência de que não me sabia capaz, e certamente machucando-a um pouco, fiz com que se voltasse e abrisse as pernas e me recebesse de frente. Um protesto desesperado eu calei com um desespero de beijos e ela, vencida, me abraçou. E se tornou macia, cada parte do seu corpo se ajustava numa parte minha e seus movimentos vinham completar os meus. E era outra mulher, doce e faminta, e me dava beijos e me segredava o que sentia e pedia mais depressa e queria morrer e depois suspiros e depois um grito, logo outro grito e palavras loucas que eu nunca ouvira de mulher, beijos como nunca me haviam beijado e estertores que principiavam com gemidos e iam terminando aos poucos, entre contrações de vagina e jatos de esperma, num estuário de muco e de saliva.

Não, nunca tinha sido tão bom, e o que se seguiu, não sei, talvez no momento não tivesse compreendido, era uma sensação esquisita, minúscula a princípio, esgueirando-se em mim como através dos poros, depois se avolumando, se espalhando, um certo contentamento, uma certa felicidade, uma vontade muito grande de gostar, gostar de tudo, e eram outros olhos com que olhava ao meu redor, vendo a pia, a lâmpada do beliche, o casaco pendurado, ai, meu casaco, meu xergão velho, companheiro de tantas noites, madrugadas, um junto do outro no sofá da casa, fazendo sala para Miss Solidão...

Como estávamos, ficamos. Já clareava o dia quando despertei, cansado, moído. Jane estava à janela, olhando os campos branquicentos de geada.

– Que horas são?

– Passa das seis.

– Ainda temos duas horas.

Ela me olhou rapidamente.

– E de manhã – tornei –, vais embora, simplesmente...

Me olhou de novo. Disse-lhe então que agora podia responder com segurança àquela pergunta que me fizera em Santa Maria, se simpatizava ou não com ela. Pois simpatizava muito. E disse-lhe mais: que algo importante havia acontecido em mim. Que eu era um homem soturno, mergulhado em lembranças juvenis e de mal com a vida, nem amigos conseguia fazer, mas que algo acontecera, podia até jurar. E queria muito vê-la em Porto Alegre, talvez não em seguida, mas mais tarde, ou quando quisesse.

– Como te esqueces das coisas...
– Não é verdade – protestei, argumentando que, a despeito do que a levara a me procurar, podíamos começar de novo em terra firme e era isso que eu queria.

Olhos baixos, parecia tão triste que me constrangia, mas eu não pensava em desistir.

– Te dou meu endereço.

Levantou-se, ligou a lâmpada do espelho. Passava a escova no cabelo, como sem vontade. Nenhuma pintura no rosto, nenhum artifício, e como era bela na indecisa luz que vinha um pouco da lâmpada, um pouco da suave claridade do amanhecer.

– Jane.
– Vou ao restaurante. Queres que te traga uma torrada?

Ia abrir a porta, voltou-se.

– Foi uma noite e tanto, tipo letra de tango.
– Gostas de tango? A gente podia se encontrar em Porto Alegre e...
– Por favor.
– Sei que seria uma loucura, mas...
– É uma loucura.
– Espera, não vai.

Levantei-me também.

– Conheço uma casa em Porto Alegre onde se dança tango, é um lugar bonito, muito romântico.
– Dançar tango em Porto Alegre, que ideia.

Abriu a porta.

– Olha, queria que soubesses que não me senti usado.

E abracei-a, um impulso me fazia apertá-la, protegê-la de algo que não sabia o que era, mas, desconfiava, podia roubá-la de mim.

– Escuta, não vai, fica comigo.

Sua resposta foi um beijo demorado, quase amoroso. Livrou-se do abraço e saiu.

Deitei-me. Queria pensar, apelar à minha razão, e não conseguia. Uma mulher desconhecida, uma viagem de trem, um leito, uma noite de prazer e ali estava eu feito um garoto de colégio, repentinamente apaixonado. E não podia conceber o dia seguinte sem aquela mulher que, com suas maluquices, dera um sopro de vida aos meus dias sem sabor de velho precoce. Não podia conceber que, no dia seguinte, fosse fazer as mesmas coisas que fizera até então. Disparate? Mas eu me perguntava se de fato não havia sentido, ou se não era mais humano, natural, que a vida acontecesse assim mesmo, loucamente. Sim, precisava pensar, ou por outra, por que pensar? Por que não me entregar à aventura de amar a quem me fazia tanto bem?

O trem deu uma parada brusca e rolei na cama, dando com as ancas na parede da pia. Ouvi gritos no corredor, outros mais distantes, som de vidros quebrados e objetos caindo e rolando no chão.

– Merda – gritou alguém à minha porta.

Tive um pressentimento atroz. Vesti-me às pressas e deixei a cabina, abrindo caminho entre as pessoas que se acotovelavam no corredor. Perguntava, ninguém sabia o que tinha acontecido. Fui adiante, percorri dois vagões de passageiros inquietos e curiosos, ao retornar notei que alguns homens se aglomeravam do lado de fora. Entre eles, o Chefe de Trem. Desci. O funcionário gesticulava com os passageiros.

– Voltem aos seus lugares. Todos para o trem, vamos subir.

– Que aconteceu? – perguntei.

– Um acidente. Agora voltem todos, por favor.

– Que tipo de acidente?

– Ora, senhor, retorne ao seu lugar, não insista.

– Que tipo de acidente? – repeti, aos gritos, segurando-o pelos ombros.

Ele se desvencilhou resolutamente das minhas mãos.

– O senhor está muito nervoso, amigo. Se esta informação o tranquiliza, é sua: nosso trem matou um animal.

– Obrigado – eu disse, num fio de voz.

Voltei-me, subitamente exausto e com vontade de chorar. Jane estava na porta no vagão, com um pé no estribo. Ao ver-me tentou pular para o chão e perdeu o equilíbrio, eu a segurei e a apertei contra mim.

– Meu Deus – disse ela –, eu cheguei a pensar, eu pensei...

– Eu também – eu disse.

Subimos.

– Escuta – tornou ela, ofegante –, como é teu nome? Incrível, ainda não sei teu nome.

Lá fora o funcionário ainda insistia com os curiosos: vamos para dentro, vamos para o trem. E o trem parado no meio do campo, o dia clareando, um frio cortante e nós avançávamos lentamente pelos corredores apinhados, em busca do carro-leito. Jane me tomara da mão e me puxava. Vendo-a assim, desenvolta, eu sentia que algo vicejava forte em mim, uma nova energia, uma vontade de viver, de conviver, compartilhar, e tinha certeza, uma certeza doce, cálida e total, de que agora ela pensava como eu, que valia a pena tentar ainda uma vez, que valia a pena dançar um tango em Porto Alegre. Que importava se era ou não era amor? Sempre, mas sempre mesmo, seria uma vitória.

Epifania na cidade sagrada

Remonta a 1827 a criação dos dois primeiros cursos brasileiros de Ciências Jurídicas e Sociais, em Olinda e São Paulo, por decreto da Assembleia Geral que o Imperador sancionou a 11 de agosto. Não é a única efeméride deste dia. Outra há e foi ela que levou o professor a me convidar para este encontro com vocês, futuros advogados, pedindo que lhes falasse de alguém – outro advogado! – que veio ao mundo há mais de 250 anos, justo no dia que tributamos ao seu mister.

Disse-me o professor que todos estudaram com interesse e afinco o episódio conhecido por Inconfidência Mineira, que teve lugar em Vila Rica com desdobramentos no Rio de Janeiro. Disse-me ainda que, em aula, foi promovido um julgamento do alferes Joaquim José da Silva Xavier e dos poetas Ignácio José de Alvarenga Peixoto e Tomás Antônio Gonzaga, com um promotor atuando em nome da coroa portuguesa e um defensor para os réus. Convenhamos em que o papel do promotor era espinhoso: precisava convencer o júri de que vultos pátrios hoje venerados mereciam as condenações impostas no acórdão da Alçada. *Contrario sensu*, somos obrigados a convir também, sem depreciar o trabalho da defesa, que ele foi facilitado e o resultado não podia ser outro: Tiradentes, Alvarenga e Gonzaga foram absolvidos e libertados. Viva. Que pena que não foram vocês que julgaram o caso, em 1792. Quanto sofrimento teriam evitado.

Devo lhes fazer presente que, se juiz eu fosse no processo original, provavelmente os condenaria.

E por quê?

Porque nos *Autos de devassa da Inconfidência Mineira*, se não há evidências de que os inconfidentes tenham pretendido praticar aquilo que, nos últimos meses de 1788, era tão só um levante hipotético, há, sim, comprovação bastante de que sua discussão era o frenesi da hora. A lei penal era severa e sem contemplação. Castigou não só quem conjecturara uma república em Minas, como também quem ouvira essas conjecturas sem comunicá-las às autoridades da capitania.

Mas, pergunto, condenaria todos?

Este é o ponto.

A leitura dos autos sempre me sugeriu que, vistos os tópicos da denúncia e a prova constituída, a pena de degredo e outras penas cominadas ao ilustre aniversariante de 11 de agosto – o poeta, desembargador e ex-ouvidor de Vila Rica, Tomás Antônio Gonzaga –, configuraram carregada iniquidade. No meu entendimento, nada se provara contra Gonzaga e ele fora condenado por crimes outros, abstratos e estranhos à denúncia. Diria mais: parecia-me que não se apurara nem que tivesse conhecimento, por ouvir falar, de maquinações insurretas. Preso oito dias antes do casamento com a jovem Maria Doroteia Joaquina de Seixas – a "Marília" dos versos de "Dirceu" –, foi banido para uma terra longínqua e inóspita, onde veio a morrer em 1810. Um destino melancólico, mirrado, para um poeta e um jurista de talento e saber tamanhos.

Se eu acreditava na inocência de Gonzaga, deveria ter suficientes razões para defendê-la. Creio que as tinha e eram duas.

Tanto Tiradentes como o padre Carlos Toledo, vigário de São José e também inconfidente, quando perguntados em juízo sobre Gonzaga, declararam que, por ser um pró-homem de grandes dotes e influência, usavam-lhe o nome para arregimentar aliados, mentindo que ele participava da conspiração e estava incumbido de redigir as leis republicanas. E vejam só: Tiradentes não tinha motivo algum para proteger Gonzaga, pois considerava o ex-ouvidor um figadal inimigo, por tê-lo intimado de uma carta precatória oriunda de São João d'El Rei. Se o alferes, quando inquirido, não livrou nem seu compadre e amigo, o idoso coronel Domingos de Abreu Vieira, e muito ao contrário, encalacrou-o no crime quanto pôde, por que haveria de livrar alguém que era objeto de seu ódio?

A outra razão vem do final de 1788, quando diversos moradores de Vila Rica e arredores se reuniram na residência do comandante do Regimento de Cavalaria, tenente-coronel Francisco de Paula Freire de Andrade, para comemorar o Natal e logo o Ano-Novo, e aqueles poucos que já vinham tratando teoricamente da sedição, por causa do iminente lançamento da Derrama, tornaram a confabular sobre a matéria. Os depoimentos são categóricos: no instante em que chegou Gonzaga à casa de Freire de Andrade, todos se calaram. Gonzaga, transferido para a Bahia, já não era o ouvidor, e permanecia em Vila Rica em virtude de seu próximo casamento, mas sempre era um desembargador e, portanto, uma autoridade que inspirava respeito e medo.

Não obstante o peso dessas objeções, pequena dúvida ainda fazia mossa em minhas certezas e se relacionava com um incidente ocorrido em jantar na residência do poeta Cláudio Manuel da Costa, nos meses que antecederam as prisões.

Naquela época inexistiam entretenimentos como os da modernidade. Nem jornal havia na colônia, a *Gazeta de Lisboa* chegava com meses de atraso e o Brasil só veio a ter imprensa escrita após a mudança da corte portuguesa para o Rio de Janeiro, em 1808. À noite, que faziam os homens em Vila Rica? Pouca coisa. Ou jogavam gamão, ou frequentavam prostíbulos, ou faziam visitas. Numa daquelas noites, em casa de Cláudio, sentaram-se à mesa para cear Gonzaga, Alvarenga, o cônego Luís Vieira da Silva, da diocese de Mariana, e o Intendente do Ouro na capitania, desembargador Francisco Gregório Pires Bandeira. Não era um conventículo, era uma reunião de amigos e, exceto pelo cônego, colegas, que se encontravam para comer e tagarelar nas áridas noites de uma vila interiorana.

E aqui começa o impasse.

Gonzaga não janta, está a padecer de uma "cólica biliosa". Inapetente, nauseado, levanta-se, pede a Cláudio que lhe traga uma esteira e, enrolando-se num capote de baeta cor de vinho, deita-se na varanda próxima, junto à escada que desce para o pátio lateral. No salão, em breve ausência do desembargador Bandeira, vêm à tona os malefícios que a Derrama causaria e os benefícios derivados de uma insurreição bem-sucedida. Cláudio está sentado à mesa, o cônego em pé e Alvarenga, que discorre sobre o tema, caminha de um lado para outro. Em dado momento, receando um súbito retorno do desembargador Bandeira, que não era "entrado", Alvarenga recomenda aos outros que mudem de assunto.

Na inquirição, procedida na Fortaleza da Ilha das Cobras, no Rio de Janeiro, Gonzaga sofre tenaz pressão do juiz Coelho Torres, que o acusa de ter ciência plena do que se conversara à ceia e da incriminável advertência de Alvarenga. Ele nega, alega que nada ouviu, que não estava à mesa e sim no piso da varanda, sentindo-se tão mal que, pouco depois, seria levado para casa pelo desembargador Bandeira. Persiste na negativa até o fim, refutando um por um, com argumentos de apurada lógica, os delitos que se lhe imputam.

Ora, que estava na varanda não se discute, é certo – outros depoimentos o confirmam –, mas eu me perguntava e lhes pergunto: Gonzaga teria falado a verdade? A resposta exigia uma visita a Ouro Preto.

Vila Rica foi a capital de Minas de 1723 a 1897 – a partir de 1823 com o nome de Ouro Preto. É a capital da arquitetura barroca no Brasil, a cidade das igrejas, das capelas, dos passos, dos chafarizes, das pontes, das ladeiras, dos becos, do passado impresso nas fachadas e até nas pedras da rua – a cidade da Inconfidência Mineira.

Hospedei-me no anexo do Museu da Inconfidência, na descida da Rua do Pilar. É um prédio cujo pesado e pouco prático mobiliário talvez pertença ao mesmo século em que foram erguidas aquelas vetustas paredes.

Acreditem: viaja no tempo o hóspede!

Da cama com dossel onde dormia, eu olhava ao redor e tinha a visceral sensação de pertencer eu mesmo a remotas estações que, no entanto, remanesciam palpáveis, vivas, como se a qualquer momento uma das portas fosse abrir-se para dar passagem ao padre Rolim, ao jovem Maciel, a Toledo Piza, Silvério dos Reis ou o soturno Barbacena, patéticos personagens daquele drama mineiro. E se fechava os olhos, via cenas marcantes que minha memória reconstituía em minúcias, o infausto Cláudio Manuel enforcado debaixo da escadaria da Casa dos Contos, Gonzaga no calabouço a compor suas liras à luz de vela, e no oratório da cadeia, nas horas amargas da sentença, o vil Alvarenga a culpar sua honrada esposa, Bárbara Heliodora, por não ter permitido que, ainda em liberdade, denunciasse os companheiros. Via Tiradentes a confessar-se com Frei Raimundo e finalmente assumir um papel que lhe sublimava todas as insânias cometidas: "Ah, se dez vidas eu tivesse..." Sua redenção, ainda que tardia. E eram tão reais os sonhos da vigília que, em cada cena, eu procurava a mim mesmo, como se nela devesse estar de corpo presente, a testemunhar aquilo que nossos historiadores contariam depois.

Subamos agora a Rua do Pilar. Sigamos pela Rua Direita, logo pela Rua do Carmo e, além da Praça

Tiradentes, pela Rua do Ouvidor. Nesta, no número 61, vemos a morada do poeta enquanto exercia tal cargo, de 1782 a 1788, e onde agora funciona a Secretaria de Turismo, Indústria e Comércio do município. Adiante, na Rua do Giba, com o número 6, a grande, a imensa casa de Cláudio Manuel.

É um prédio de esquina, com um dos lados a prolongar-se ladeira acima pela Rua São Francisco. Tem dois pisos na fachada. No térreo, em porta à esquerda da principal, um armarinho ou brechó. Do segundo piso, avista-se a rua por cinco portas-janelas gradeadas até meia-altura, e esta é a seção nobre da residência, hoje ocupada por descendentes de Diogo de Vasconcelos, historiador e jurista contemporâneo da Inconfidência que foi interrogado no processo, por suspeita de associação com os réus. Seu filho, o político e jurista Bernardo Pereira Vasconcelos, foi um dos próceres cardeais do Império. Também governou a província de Minas e, durante sua gestão, morou em Vila Rica, justamente no número 6 da Rua do Giba.

Quanta história povoa aquela bendita casa!

E eu a visitei.

Imaginem, lá estava eu no salão em que ceavam Alvarenga, o cônego, Cláudio e o Intendente do Ouro, junto à prístina alvenaria que vira Gonzaga levantar-se, adoentado, e ir deitar-se na varanda, embrulhado num capote de lã felpuda. Contemplava aqueles lugares sagrados com os olhos e o coração, respirava aquela atmosfera que talvez ainda guardasse os átomos das vozes rebeladas ao jantar, podia pressenti-los a estuar pelos caminhos de meu sangue e até confesso que, para surpresa e constrangimento do morador que me acompanhava, minha comoção ia além do que devia. E não era só pela visita. Também concorria uma revelação que fazia desmoronar todas as minhas crenças a respeito de Gonzaga.

Eu via, sentia, media aqueles espaços, e tinha a acabada consciência de que, da varanda, Gonzaga ouvira a conversa de seus amigos à mesa e também a advertência de Alvarenga, tinha a acabada consciência de que ele conhecia a intensidade dos ventos que sacudiam Vila Rica e que, se não enganara o inquisidor nem os juízes da Alçada, que suspeitando de sua culpa o condenaram sem provas, a mim, durante muitos anos, ele me enganara com sua aguda inteligência, sua lógica arrasadora e seu saber jurídico.

Ele era culpado.

Não era o Gonzaga que eu conhecia.

Era outro.

Era maior.

Estivera à mercê de um inquisidor implacável e de mãos perversas que lhe davam os mais infames tratos, e ainda assim sua luz resplandecia. Era como se eu o visse, a fulgir em sua glória. Mais do que qualquer outro, era ele quem merecia ter dez vidas.

Não, ele não conspirou, não foi um inconfidente, isso não, mas pelos amigos sabia de tudo, e entre os personagens que a Inconfidência Mineira entronizou em nosso panteão, foi o único cuja alma não se feriu pela confissão e cujos lábios jamais se abriram para denunciar alguém.

O AUTOR

Sergio Faraco nasceu em Alegrete, no Rio Grande do Sul, em 1940. Nos anos 1963-5 viveu na União Soviética, tendo cursado o Instituto Internacional de Ciências Sociais, em Moscou. Mais tarde, no Brasil, bacharelou-se em Direito. Em 1988, seu livro *A dama do Bar Nevada* obteve o Prêmio Galeão Coutinho, conferido pela União Brasileira de Escritores ao melhor volume de contos lançado no Brasil no ano anterior. Em 1994, com *A lua com sede*, recebeu o Prêmio Henrique Bertaso (Câmara Rio-Grandense do Livro, Clube dos Editores do Rio Grande do Sul e Associação Gaúcha de Escritores), atribuído ao melhor livro de crônicas do ano. No ano seguinte, como organizador da coletânea *A cidade de perfil*, fez jus ao Prêmio Açorianos de Literatura – Crônica, instituído pela Prefeitura Municipal de Porto Alegre. Em 1996, foi novamente distinguido com o Prêmio Açorianos de Literatura – Conto, pelo livro *Contos completos*. Em 1999, recebeu o Prêmio Nacional de Ficção, atribuído pela Academia Brasileira de Letras à coletânea *Dançar tango em Porto Alegre* como a melhor obra de ficção publicada no Brasil em 1998. Em 2000, a Rede Gaúcha SAT/RBS Rádio e Rádio CBN 1340 conferiram ao seu livro de contos *Rondas de escárnio e loucura* o troféu Destaque Literário (Obra de Ficção) da 46ª Feira do Livro de Porto Alegre (Júri Oficial). Em 2001, recebeu mais uma vez o Prêmio Açorianos de Literatura – Conto, por *Rondas de escárnio e loucura*. Em 2003, recebeu o Prêmio Erico Veríssimo, outorgado pela Câmara Municipal de Porto Alegre pelo conjunto da obra, e o Prêmio Livro do Ano (Não Ficção) da Associação Gaúcha de Escritores por *Lágrimas na chuva*, que também foi indicado como Livro do Ano pelo jornal Zero Hora, em sua retrospectiva de 2002, e eleito pelos internautas, no site ClicRBS, como o melhor livro rio-grandense publicado no ano anterior. Em 2004, a reedição ampliada de *Contos completos* foi distinguida com o Prêmio Livro do Ano no evento O Sul e os Livros, patrocinado pelo jornal O Sul, TV Pampa e Supermercados Nacional. No mesmo evento, foi agraciada como o Destaque do Ano a coletânea bilíngue *Dall'altra sponda / Da outra margem*, em que participa ao lado de Armindo Trevisan e José Clemente Pozenato. Ainda em 2004, seu conto "Idolatria" apareceu na antologia *Os cem melhores contos do século*, organizada por Ítalo Moriconi. Em 2007, recebeu o Prêmio Livro do Ano (Não Ficção) da Associação Gaúcha de Escritores, pelo livro *O crepúsculo da arrogância*, e o Prêmio Fato Literário – Categoria Personalidade, atribuído pelo Grupo RBS de Comunicações. Em 2008, recebeu a Medalha de Porto Alegre, concedida pela Prefeitura de Porto Alegre, e teve seu conto "Majestic Hotel" incluído na antologia *Os melhores contos da América Latina*, organizada por Flávio Moreira da Costa. Em 2009, seu conto "Guerras greco-pérsicas" integrou a antologia *Os melhores contos brasileiros de todos os tempos*, organizada por Flávio Moreira da Costa. Seus contos foram publicados nos seguintes países: Alemanha, Argentina, Bulgária, Chile, Colômbia, Cuba, Estados Unidos, Luxemburgo, Paraguai, Portugal, Uruguai e Venezuela. Reside em Porto Alegre.

OBRAS PRINCIPAIS

Hombre. Rio de Janeiro: Civilização Brasileira, 1978
Manilha de espadas. Rio de Janeiro: Philobiblion, 1984
Noite de matar um homem. Porto Alegre: Mercado Aberto, 1986
Doce paraíso. Porto Alegre: L&PM, 1987
A dama do Bar Nevada. Porto Alegre: L&PM, 1987; 2011 (Ed. ampliada)
Majestic Hotel. Porto Alegre: L&PM, 1991
Contos completos. Porto Alegre: L&PM, 1995; 2004 (Ed. ampliada); 2011 (Ed. ampliada)
Dançar tango em Porto Alegre. Porto Alegre: L&PM, 1998
Rondas de escárnio e loucura. Porto Alegre: L&PM, 2000
Noite de matar um homem. Porto Alegre: L&PM, 2008. Ed. ampliada
Doce paraíso. Porto Alegre: L&PM, 2008. Ed. ampliada

Coleção **L&PM** POCKET (lançamentos mais recentes)

859. O burgomestre de Furnes – Simenon
860. O mistério Sittaford – Agatha Christie
861. Manhã transfigurada – Luiz Antonio de Assis Brasil
862. Alexandre, o Grande – Pierre Briant
863. Jesus – Charles Perrot
864. Islã – Paul Balta
865. Guerra da Secessão – Farid Ameur
866. Um rio que vem da Grécia – Cláudio Moreno
867. Maigret e os colegas americanos – Simenon
868. Assassinato na casa do pastor – Agatha Christie
869. Manual do líder – Napoleão Bonaparte
870. (16). Billie Holiday – Sylvia Fol
871. Bidu arrasando! – Mauricio de Sousa
872. Desventuras em família – Mauricio de Sousa
873. Liberty Bar – Simenon
874. E no final a morte – Agatha Christie
875. Guia prático do Português correto – vol. 4 – Cláudio Moreno
876. Dilbert (6) – Scott Adams
877. (17). Leonardo da Vinci – Sophie Chauveau
878. Bella Toscana – Frances Mayes
879. A arte da ficção – David Lodge
880. Striptiras (4) – Laerte
881. Skrotinhos – Angeli
882. Depois do funeral – Agatha Christie
883. Radicci 7 – Iotti
884. Walden – H. D. Thoreau
885. Lincoln – Allen C. Guelzo
886. Primeira Guerra Mundial – Michael Howard
887. A linha de sombra – Joseph Conrad
888. O amor é um cão dos diabos – Bukowski
889. Maigret sai em viagem – Simenon
890. Despertar: uma vida de Buda – Jack Kerouac
891. (18). Albert Einstein – Laurent Seksik
892. Hell's Angels – Hunter Thompson
893. Ausência na primavera – Agatha Christie
894. Dilbert (7) – Scott Adams
895. Ao sul de lugar nenhum – Bukowski
896. Maquiavel – Quentin Skinner
897. Sócrates – C.C.W. Taylor
898. A casa do canal – Simenon
899. O Natal de Poirot – Agatha Christie
900. As veias abertas da América Latina – Eduardo Galeano
901. Snoopy: Sempre alerta! (10) – Charles Schulz
902. Chico Bento: Plantando confusão – Mauricio de Sousa
903. Penadinho: Quem é morto sempre aparece – Mauricio de Sousa
904. A vida sexual da mulher feia – Claudia Tajes
905. 100 segredos de liquidificador – José Antonio Pinheiro Machado
906. Sexo muito prazer 2 – Laura Meyer da Silva
907. Os nascimentos – Eduardo Galeano
908. As caras e as máscaras – Eduardo Galeano
909. O século do vento – Eduardo Galeano
910. Poirot perde uma cliente – Agatha Christie
911. Cérebro – Michael O'Shea
912. O escaravelho de ouro e outras histórias – Edgar Allan Poe
913. Piadas para sempre (4) – Visconde da Casa Verde
914. 100 receitas de massas light – Helena Tonetto
915. (19). Oscar Wilde – Daniel Salvatore Schiffer
916. Uma breve história do mundo – H. G. Wells
917. A Casa do Penhasco – Agatha Christie
918. Maigret e o finado sr. Gallet – Simenon
919. John M. Keynes – Bernard Gazier
920. (20). Virginia Woolf – Alexandra Lemasson
921. Peter e Wendy *seguido de* Peter Pan em Kensington Gardens – J. M. Barrie
922. Aline: numas de colegial (5) – Adão Iturrusgarai
923. Uma dose mortal – Agatha Christie
924. Os trabalhos de Hércules – Agatha Christie
925. Maigret na escola – Simenon
926. Kant – Roger Scruton
927. A inocência do Padre Brown – G.K. Chesterton
928. Casa Velha – Machado de Assis
929. Marcas de nascença – Nancy Huston
930. Aulete de bolso
931. Hora Zero – Agatha Christie
932. Morte na Mesopotâmia – Agatha Christie
933. Um crime na Holanda – Simenon
934. Nem te conto, João – Dalton Trevisan
935. As aventuras de Huckleberry Finn – Mark Twain
936. (21). Marilyn Monroe – Anne Plantagenet
937. China moderna – Rana Mitter
938. Dinossauros – David Norman
939. Louca por homem – Claudia Tajes
940. Amores de alto risco – Walter Riso
941. Jogo de damas – David Coimbra
942. Filha é filha – Agatha Christie
943. M ou N? – Agatha Christie
944. Maigret se defende – Simenon
945. Bidu: diversão em dobro! – Mauricio de Sousa
946. Fogo – Anaïs Nin
947. Rum: diário de um jornalista bêbado – Hunter Thompson
948. Persuasão – Jane Austen
949. Lágrimas na chuva – Sergio Faraco
950. Mulheres – Bukowski
951. Um pressentimento funesto – Agatha Christie
952. Cartas na mesa – Agatha Christie
953. Maigret em Vichy – Simenon
954. O lobo do mar – Jack London
955. Os gatos – Patricia Highsmith
956. Jesus – Christiane Rancé
957. História da medicina – William Bynum
958. O Morro dos Ventos Uivantes – Emily Brontë
959. A filosofia na era trágica dos gregos – Nietzsche
960. Os treze problemas – Agatha Christie
961. A massagista japonesa – Moacyr Scliar
962. A taberna dos dois tostões – Simenon
963. Humor do miserê – Nani
964. Todo o mundo tem dúvida, inclusive você – Édison Oliveira
965. A dama do Bar Nevada – Sergio Faraco